わたしの
おひとりさま
人生

Junko Matsubara 松原惇子

海竜社

はじめに

月日がたつのは早いもので、『女が家を買うとき』で作家デビューしてから今年で35年目になる。35年ですよ。すごくないですか。早い、時の過ぎるのは本当に速い、速すぎる。今のわたしの心境は、超スピードで回転するジェットコースターでキャーキャー言っているうちに、ジェットコースターが速度を落とし始めている状況と似ている。

自分は何も変わっていないのに、もう73歳とは。正直、認めるには抵抗がある。今までは「年を取るのは素敵よ」と、本気で思っていたので書けたが、もうそんな夢みたいなことを言う気もしない。それが、明らかに70代になった証拠だろう。

みなさん、年を取るのは辛いわよ。朝起きて顔を見るのは怖いわよ。これが本音だ。だからといって、将来の見えない悩み多き30代に戻りたいわけではない。もちろん、戻れるものなら戻りたいが、それはお肌だけでいい。

『女が家を買うとき』でシングル女性の代弁者のように言われ、『クロワッサン症候群』で、シングルはわたしのトレードマークとなった。わたしとしては、ただ、自分の心地よい生き方を模索してきただけなのだが、知らないうちに、わたし自身が最も関心のあるテーマが「ひとりを生きる」になった。

そして、年齢とともに「ひとりで生きる」は「ひとりで老いる」に変わり、70代に入ってからはさらにグレードアップして「ひとりで死ぬ」になっている。

暗い話ではなく、残りが見えてきた年齢になり、わたしは、悔いのない人生を生きたいと強く思うようになった。ほんと、病気ではないかと思うほど、真剣に考えている。もっと早くから考えていれば、今ごろ、スカッとした人生を送っていたに違いないが、70代になって本気で気づいたのだからしょうがない。

『わたしのおひとりさま人生』を書こうと思ったのは、自分のこれからやるべきことを整理したかったからだ。ここで、しっかりと立ち止まり、振り返り、自分を分析して、反省して、次に進む……そんな作業が今、必要に思えた。

なぜなら、わたしは心から「ひとりでよかった」と笑ってさよならをしたいからだ。おひとりさまの中には「ひとりなのだからしょうがない」と最後は寂しくてもいいとあきらめている人もいるが、それは自分の生き方を否定することになるだろう。少なくとも、わたしは嫌だ。

「おひとりさまって素敵な生き方ね」「松原惇子の生き方ってかっこいいよね」と言われて去るのが、今のわたしの目標だ。

作家生活35年目の節目に、子ども時代、学生時代の自分を振り返ることができたのはよかった。自分の原点もわかった。なぜ、今のわたしであるのかもわかった。

恥ずかしい話ばかりだが、この本を手にしてくださったあなたの生きる励みになったらうれしい。さあ、松原惇子劇場「わたしのおひとりさま人生」の始まりですよ。どうぞ、楽しんでください。

松原惇子

わたしのおひとりさま人生 ◆ 目次

第2章 わたしの長かった自分探しのこと

第3章 『女が家を買うとき』は正解だったのか

第6章 わたしが探し続けた「幸せ」とは

写真・初沢 亜利
ブックデザイン・村橋 雅之

第1章

子どものころは輝いていた

夢見る夢子は幸せいっぱい

子どものころから変わらぬところ

わたしが通った小学校は荒川の河川敷にある舟戸小学校だ。川の対岸は東京都、こちら側は埼玉県。川口市出身のわたしだが、埼玉県で遊んだことはなく、たいていは池袋だった。だから、「どこの出身？」と言われると戸惑う。2019年「翔んで埼玉」という埼玉県人の心を表す映画が話題になったが、東京人でも埼玉人でもなくどっちつかずの地域に生まれたのも、わたしらしいのかもしれない。

川口市は鋳物で有名な街だ。工場が多く、お世辞にもいい街とは言えないが、小学校は子どもにとり最高のロケーションにあった。土手づたいに歩いていくと広い河川敷があり、その先に川幅の広い荒川が流れている。校舎から見えるのは一面の緑と、遮るもののない大空だ。学校が終わると土手をスキップしながら帰る。道々、草や花、昆虫の観察をしたり、絵を描いたり、空想したり。担任の先生が芸術系の先生だったこともあり、工作や望遠鏡で星を見せてくれたりと、楽しいことばかりだった。

わたしは当時から活発で、はきはきした子だった。勉強の成績はクラスで3番から5番の間をうろうろ。でも、はきはきしていた。クラスには、あと二人同じような女の子がいて、わたしたちは大の仲良しでいつも一緒だった。このはきはき3人組は、「おとこ女」とみんなから言われていたのだから、わかるだろう。

自分では意識していないが、そのころからわたしは、可憐な女の子ではなく、男の子をリードする子だったようだ。

当時の女の子の夢は、「お嫁さん」だった。そして、その言葉通りに、ほとんどの人が専業主婦となった時代だが、3人組はひとりは医者、ひとりは体育大学の先生の道に進んだ。「三つ子の魂百まで」という言葉があるが、それは本当だと思う。自分が気づいていないだけで、生まれたときからそれぞれがそれぞれの「種」を有しているのだ。

あるとき母が何かのことでわたしを叱った。

「そんなにわからない子はうちの子ではない！　出ていきなさい！」

普通はここで泣いてすがる場面だが、はきはきしていたわたしは

「はい、出ていきます」

と、後ろも振り返らずにランドセルを背負って出て行ったという。

本当に出て行ったっきり戻ってこない様子に、祖母と母は真っ青になって夜道を追いかけたそうだが、わたしはへっちゃら。夜道を好奇心いっぱいで歩いていた。

「あっ、うちの牛乳屋さんってここから来るんだ。ふ〜ん」

そのとき、祖母は母にこう言ったそうだ。

「この子は普通の子と違う。注意して育てないといけない」

このエピソードからおわかりのように、わたしの「嫌だと出て行く習性」は、今に始まったことではないのだ。長くてどこまでも延びる土手から見る荒川の広大な風景は、わたしの原風景と言える。

美しいものが好き

小さいころ、

「大きくなったら何になりたい」

という先生の質問にクラスの大半の女の子は、

「かわいいお嫁さんになりたい」

と答えたものだ。しかし、わたしは一度もそう思ったことがない。

「わたしは音楽の先生かな」

今になって思えば、学校の先生ほど大変な職業はないので、ならなくてよかったと思っているが、当時のわたしにはお嫁さんよりも職業を持つ女性が素敵にみえた。

わたしは自分の将来をいつも夢みていた。今ほど勉強、勉強という時代ではなかったので、学校も楽しかった。授業が終われば、ゴムとびをしたり、土手でバッタを追いかけて遊んだり、本を読んだり、空想にふけったり。

わたしは「りぼん」という雑誌をとっていた。その中にバレリーナのマンガがあり、将来はバレリーナになるんだと学校の前のバレエ教室に通った時期もあった。

先生になりたいという夢は、いつしか、バレリーナになり、スチュワーデスになり、デザイナーになり……。

よそのうちは知らないが、うちの親に限り子どもに「何をしなさい」と指示することはなかったので、習い事においても、親から言われて始めたことはない。うちの親は、子どもに自分の価値観を押し付けないのはすばらしいのだが、まったくの放任主義だったので、子どもは放し飼い状態。「親に反対された」とか「親に医者になれと言われた」「親から勘当された」と聞くと、親子のバトルもいいなと思う。

もちろんないものねだりだが、わたしは、子どものころから美しいものが好きで、芸術方面に向いていたと思うのだが、親からも先生からも背中を押してもらうことがなかったので、実は好きでたまらなかったが、自信がなかった。

わたしが美しいものを好きなのは、まぎれもなく母のＤＮＡによる。大正14年生まれの母は、若いときから帽子をかぶり、革靴を履き、最先端のモダンなファッションをしていた。母の父親、わたしの祖父もおしゃれな人だった。パナマの帽子に黒いマント。英語をたしなみ洋食好きだった。女学生だったころの母は、制服を駅のロッカーに預けて、友達とおしゃれをして銀座にしょっちゅう出かけていたらしい。

母は、当時モガと呼ばれていたモダンガール。あるとき、新聞社に写真を撮られ掲載されたことで、銀座に行っていたことがばれて親から怒られたと聞いた。95歳の今でも、周りの人から「おしゃれですね」と声をかけられるのは、昨日今日始まったわけではないのだ。

転校した翌月にはクラスのリーダーに

「黙っていられない」のはこのころから

自治省の役人だった父の転勤で、小学4年生のとき、家族4人は祖母を残して福島市に引っ越すことになった。

福島の小学校に転校して行ったときのことを、のちに同級生から聞いたことによると、わたしにはそんな気はまったくなかったが、「東京から来たお嬢さん」と、まぶしく見ていたそうだ。

普通、転校生が地元の子となじむのは、そう簡単なことではないが、わたしの場合、野放しで育てられたせいかまったく平気だった。初めて会った人でも、どんなに社会的地位の高い人に会っても、物おじしないのは、この両親の野放し子育てのおかげだろう。

それどころか、わたしとしては田舎の子と話したことがなかったので、面白くてしょうがなかった。初日は一番後ろの席に座らされたので、観察するには絶好の位置。最初に興味をもったのが、お弁当の時間だ。みんな、お弁当を隠しながら食べている。なんで、蓋をたてて隠すの？　それとも、おかずを持ってこられない子がいるの？　田舎にはそんな貧しい子もいるのね。

初めてのことづくしで面白がっているうちに1学期が終わり、気がつくとわたしは学級委員としてクラスのみんなを仕切っていた。今でも、ひとり女性の団体を仕切っているが、子どものころから変わっていないと気づき、苦笑する。

また、わたしは担任の先生にも臆せず、悪いことは悪いとはっきりと言える子だった。これも、今でも変わらないわたしの特徴といえる。

クラスに、とっても可愛い女の子がいた。担任の男性の先生は彼女を明らかにえこひいきしていた。男性の先生が全部とは言わないが、可愛い女の子を教室に残すのを生徒たちは知っている。そのときわたしは、可愛い子はかわいそうだと思った。風紀委員でもないのに、わたしは間違っていることを黙認できなかった。クラスを代表して言ったわけではないと思うが、先生に面と向かって「えこひいきはやめてください」と言える子だった。

学級委員には一番成績のいい子が選ばれるのが普通だが、わたしの成績は中途半端な中の上。5が3つにあとは4。しかも5は主要科目ではなく、音楽、図工、体育と決まっていた。「中の上」は、わたしがいつも注文する鰻重「竹」と一緒なので、おかしくなる。

迷いの芽生え

わたしが唯一自分らしく輝くのは、文化祭のときだ。なぜ音楽大学に進まなかったのか自分でも不思議だが、その答えは最近になりわかったので、あとで語りたい。

クラスの出し物としてアンデルセンの「雪の女王」の演劇をすることを決め

たのもわたしだ。小学生なのに、脚本も振り付けも全部自分で作り、みんなを家に集めて練習した。

「じゃ、これから役を決めま～す。女王の役は誰がいいと思う？」

聞くまでもなく、主役の女王はわたしだ。

学校にお金持ちの本物のお嬢さんがいて、その子だけがピアノを弾けたので伴奏を頼み、バイオリンも演奏した。バイオリンもバレエも、再び父の転勤で東京に戻ることになりやめたが、その後、マリンバに興味を持ち、マリンバの第一人者である朝吹英一(あさぶきえいいち)先生の個人レッスンを受けていた。

目黒の柿の木坂にあるマジックミラーのあるお屋敷。そこにはヨーロッパの芸術家の暮らしがあった。緊張してベルを鳴らすとお手伝いさんが出てきて、先生の書斎に案内してくれる。ドアをノックして入るとガウン姿の静かな先生が座っている。ウエッジウッドの器に紅茶が運ばれてくる。出窓からはフランス風の庭が見える。庭ではフランス語か英語ではしゃぐ子どもたちの声がする。

音大を目指したわけではないのに、なぜ、第一人者の先生に習うことになったのかは覚えていないが、当時はマリンバを教えられる人がいなかったのかもしれない。フランソワーズ・サガンの翻訳者で有名な、朝吹登水子(あさぶきとみこ)先生は妹だ。とにかく、子どものころのわたしは、好奇心いっぱいで、すぐ行動する子だった。

演歌に例えるなら、古賀政男先生の個人レッスンを受けているほど特別だったにもかかわらず、何も意識しないで通っていたわたしは、なんてもったいないことをしていたのか。あなたって本当のバカ？ と昔の自分に言いたくなる。大学受験のとき音大を受験しなかったのは、毎日バイオリンやマリンバの練習するのはつまらない、と思ったからだ。

学年が上がると共に、受験一色の周りの雰囲気にのまれ、好奇心も憧れも薄れ、自分が見えなくなる。わたしって将来、何になりたいのだろうか。どうしたら幸福な人生が送れるのだろうか。そんなことばかりを考えているうちに、おとなしい自分になっていった。

わたしは何になりたいのか

高校二年のときだったと思うが組替えがあった。大学受験をひかえ、就職組、進学組、文科系、理科系、と進路によりクラス分けするというのだ。

わたしはそのとき、とっても不愉快だった。将来何になりたいかわからないのに、どうして、大学の進路なんて決められるのか。わたしはまだ何になるか決めていないのよ。

答えが出なかったので、大多数の人が選んだ文科系組に入った。文科系学科、とくに国語がいちばん苦手だというのに。

わたしはいつも何かになりたい、何かやりたいという強い意志は持っていたが、それが何だかしぼりこめないでいた。

看護師になる、とか、銀行に勤めたい、と言う人たちを見るにつけ、わたしは彼らを心から羨ましいと思った。

世の中、たくさんの職業、生き方があるのに。そして彼らは、まだ何ひとつ体験していないのに、よく、これ、とひとつに決められるものだ。まだ高校生なのによく決める気になるなあ、すごい度胸だ、とわたしは関心とも軽蔑ともいえない複雑な気持ちを抱いていた。

わたしには決められなかった。小さい時は、具体的に何になりたいか言えたのに、成長すると共にますます何になりたいのかわからなくなっていた。

夢がなくなると同時に勉強も学校も嫌いになった。大学には行きたくなかったが、やることがないので受験した。

わたしは、戦後すぐの第一次ベビーブームに生れた団塊世代のひとりだ。とにかく、人数が半端ではなかった。中学のときのクラスは12組まであった。生徒を収容しきれずに、プレハブ校舎で授業をするほどだった。先生は詰め込み教育で、教科書を終わらせることに必死。テストばかりの毎日だった。

社会のせいにする気はないが、多感な時期をテストで縛られ、わたしは自分を見失っていった。まるで、ベルトコンベアーに乗せられ、グルグル回っている灰色の工業製品のようだ。

退屈な大学生活で見つけた大冒険

感性が失われる

大学受験の合格発表で自分の番号を見つけて、がっかりする人がいるだろうか。泣いて喜ぶ人はいても、受かってがっかりして泣く人はわたしぐらいだろう。

滑り止めの大学には合格したが、わたしの憧れは、当時お熱をあげていた俳優の田村正和さんが通う大学に通うことだった。ただそれだけで成城大学を受験したのだが、受験は甘くはなかった。成城大学も成城の街も、わたしを拒絶した。

言い訳をする気はないが、団塊の世代の受験は、今の受験など比ではないほど狭き門だった。わたしが受験した放送学科は倍率18倍だったと思う。もう、その時点で不合格と言い渡されたようなものだ。あと1年早く生まれていたら、受験が楽だったのに、と親をうらみたくなる。

東大の話だが、団塊の世代、つまり1965年から1967年の間に東京大学に合格した人は、他の年度の東大生より優秀な人材が多いといわれている。つまり、人数が多かったので半端じゃない狭き門だったからだ。同じ東大出身者でも、作物と同じで出来の悪い年と、出来のいい年があるようだ。

うちの近所に夫が東大出身だと、二言目には出る奥さんがいた。ちょっとした立ち話でも、「東大」の話題になる。背中に「東大」と書いて貼っておけと言いたいぐらいだ。でも、その年の東大は戦争の影響で不作のときだったと、誰かが言っていた。そうも言いたくもなるわよ。

少子化の昨今だが、街には塾が乱立している。今でも塾の「受験」という看板の文字を見るたびに、大学受験の悪い思い出がよみがえり、ドキっとさせられる。テストの夢でうなされることもある。目が覚めて「ああ、夢だった」と

何度ほっとしてきたことか。ほんと、この世からテストをなくしてほしい。あれほど、無意味なものはないからだ

一方、世の中にはテストが好きな人もいる。そういうタイプの人とわたしは合わない。左脳ばかり使ってきているうちに、右脳が退化してしまったのだろう。正直、面白くない人が多い。人間にとり一番目指すべきところは、人間性ではないのか。ユーモアのひとつも言えずに、学校の成績がよかっただけで、自分の考えを述べることもできないのに、自分は頭がいいと思っている人が多いのには閉口する。そんなときは、口には出さないが、「あなたって、頭悪いわよね」と顔はニコニコしながらも、心の中でつぶやく。でも、そういう人に限ってえらそうなのだ。

日本の教育は、テストの点数のよい人を育てるのが目的だ。だとすると教育の根本から間違っているといえる。自由な学校も最近はあるようだが、一般的に日本の学校は、子どもの刑務所みたいなところだと思う。世界の大学ランキングで、東大が36位なのもうなずける。テレビで「東大王」とか、東大を持ち

上げるバカな番組をやっているのを観ると、この国は後進国といわざるをえない。

　教育委員会や学校の先生という大人の管理者に、子どもたちは管理されるところ、それが学校だ。あれはだめ、これはだめ。規則の多い刑務所と同じだ。不登校になる子どもがでるのはとてもよくわかる。感性豊かな子どもは、いられないですよ。

　それより、自由に遊んだり絵を描いている方が、どれだけ豊かな子に育つかしれないのに、感性の評価がとても低い国、それが日本だ。芸術家の評価が最も低いのも日本だ。その証拠にヨーロッパでは、政府がお金を出して芸術家のための老人ホームを作っており、老後の援助も手厚い。

　自分が小学生のときは、あんまり楽しくないと思いながらも反発することなく通っていたが、なんで12年も学校に行かなくてはならないのか、誰が決めたのか、不思議でしかたがなかった。動物は学校に行かずにすんでいいなぁ、と飼い犬の頭をなでながらいつも思っていた。

目標が定まるとわたしは強い

そんなわけでとりあえず大学生になったわたしだったので、ただ、大学生活が楽しいはずもない。何になりたいという目的がなかったので、大学に身を置いて時間をつぶしていただけといっても過言ではない。

小学生のときはきらきらしていたのに、年長になるほど、ややもやした自分になっていくのを自分でも感じられた。ああ、つまんないなあ。同級生も良妻賢母をめざす保守的な人ばっかり。女子大だったので、「大卒」の肩書でエリートの男性と結婚するのが目的の女性ばかり。当時は、親も本人も「結婚が女の幸せ」と信じて疑わない人で埋めつくされていた。

そんな日々を送っているときに思いついたのが、まだ見ぬ国に行くことだった。当時1965年ごろは、今と違い外国に行くのは限られた外交官やフルブライトの留学生ぐらいで、一般人が行けるものではなかった。もちろん、海外旅行斡旋会社もなければ、ガイドブックもなかった。しかも1ドル360円の時代だ。当時の飛行機代は50万円？　今のお金に換算すると100万円は下らないだろう。とても一般人に手の届く金額ではない。

当時、我が家では「パリ」「ローマ」などの海外シリーズの写真集を購読していた。その美しい写真集を見ているうちに、わたしの外国への憧れの気持ちが高まった。おもしろくない大学生活の中で目標なく暮らしていたわたしに、初めて目標ができたのだ。

女友達と二人で話が盛り上がり、大学3年生の夏、ナホトカ経由でシベリア鉄道を利用してユーラシア大陸を横断し、ヨーロッパに入る計画を立てた。目標ができたとたんに、大学なんかどうでもよくなり、毎日が輝いてきた。

いろいろ調べた結果、ひとり50万はかかりそうだ。旅行期間は夏休みの2カ月間。ユーレイルパスを買い、列車でヨーロッパを移動する。宿泊はユースホステル。一日の予算は10ドル。今のように地球の歩き方も、ガイドブックもない時代だ。

だからこそ、挑戦する気になったのだ。誰もやっていないからやりたかった。

わからない未知の旅だからこそおもしろい。

行くと決まってからは、二人で二年半、せっせとアルバイトに励んだ。目標があったので、辛いと思ったことはなかった。時給のよいところを選んだので、ネジ工場だったり、映画のエキストラだったり、そう、国鉄職員の昼休みにネクタイ売りのおばさんの手伝いもしたわ。

「いらっしゃい！　ネクタイいかがですか」その一言が言えなくて。風呂敷に包まれた売れ残りのネクタイを抱え、おばさんと二人で電車に揺られて帰る悲しさ。でも目標があったので、なんでもできた。

「結婚前の女の子が海外に行くなんて。お嫁に行けなくなるわよ」と陰口をかれた時代だったが、横浜港からナホトカに向けて船が出向するときは、近所の人から友達までたくさんの人が見送りにきてくれた。テープを何本も投げての出航だった。当時は持ち出し金額が決まっていて、確か500ドルだったと思うが、お金を腹巻に隠しての出発だった。

部屋に戻ると、バラの花束が届いていたので驚く。ボーイフレンドからだった。「僕を忘れないでね」というメッセージがついていたが、帰国したときは、完全に彼の存在を忘れていた。1968年7月14日のことだ。

完全燃焼できた旅

先日、東京新聞の加藤登紀子さんのコラムを偶然見て、びっくり。なぜなら、加藤さんが初めてのソ連公演に出るために乗ったその船に、わたしたちも乗っていたからだ。

その船で当時有名だった歌手の旗照夫さんと知り合い、帰国したときに訪ねことがある。赤坂でアラスカというお店を経営していて、洋風料理をごちそうになったように記憶している。

あのとき、わたしが歌手を目指していたら力になってくれたと思うが、そのときは歌に興味がなかった。チャンスとはそういうものだと思う。自分が向かっていないとつかめないものなのだ。

当時、自費でヨーロッパを目指した人には、後日ファッション界で活躍している人が多い。ヨーロッパの文化に憧れ、まだ見ぬ芸術の都パリを目指したのだ。

シベリア鉄道は5日間乗りっぱなし、いや、もっとだったかもしれない。窓から見えるものは広大な台地と森、あとは何もない。同じ景色が延々と続く。列車の中でヨーロッパに何かをつかみに行くという3人組の同世代の若者と一緒になり、トランプしたり、語りあったり。廊下の窓枠に肘をのせて、いつまでも外を見ていたり。ときどき、ロマンチックな気分になり抱き合ったり。

当時、日本を出てヨーロッパに飛び出そうという人は、違っていた。かっこいい3人組だった。ファッションも思想も、暮らしのセンスも、フランス語を話せたことも。3人は向こうに着いたら、一人ひとりになって自分の道を探すと言っていた。なんて素敵なんだろう。3人組とわたしたちの5人で、ストックホルムのアパートで旅の別れの最期の晩餐もした。キャンドルの光の中で、フランスパンとワイン、チーズにハムの質素な食卓だったが、おしゃれな食卓にアートな雰囲気の中、静かに語りあった。今ではなつかしい、青春の美しい思い出だ。

のちに風の便りに聞いたところによると、デザイナーを目指していたひとりはイタリアで富豪と知り合いデザイナーとして成功していると。センスのいいもうひとりの彼は、数年後日本に戻り、ファッションの世界で活躍していると聞いた。もうひとりは、行方不明だ。

若者たちがなけなしのお金を持ち、夢を追いかけてシベリア鉄道に乗った。女子大生のわたしたちは、退屈な生活を忘れ、刺激を求めて列車に乗った。

シベリア鉄道の終着駅であるヨーロッパの玄関は、50年も前のことなので間違っているかもしれないが、ヘルシンキだった気がする。そこから二人のあてのない旅は始まったのだが、初めて見る北欧の人たちのしゃれていること。自分たちが日本から着てきた服装がやぼったく見え、スカートの裾を20センチもはさみでジョキジョキ切り、北欧ではやっていたパンタロンを買って着替えたりして大はしゃぎ。友達は、胸が大胆に開いたワンピースを購入。トンボ眼鏡ない。

に短ブーツも買った。美しいストックホルムの夜の風景は、今でも目から離れ

ガイドブックのない二人のおしゃれ旅は、こうして始まった。

「次はどこに行く？」

「パリに行ってみる？　それともスペイン？」

すべてこんな感じで行き先を決めた。その日の宿は、駅のインフォメーショ

ンで、ひどい英語で探す。

「トゥナイト、ルームアベイラブル？　ワンナイト5ダラー」

見るものが美しく、わたしたちは不思議の国に飛び込んだ感覚だったので、

20歳の女性の二人旅だったが、怖いものは何もなかった。

そんな調子で、北欧からイギリスへ入り、ドーバー海峡を船で渡りフランス

に入り、パリを満喫し、列車でスペインへ。そこから海岸線を列車で南下し、

ニース、カンヌ、そしてイタリアに入った。

イタリアで印象的だったのはカプリ島だ。あの島のホテルは素敵だった。ロ

ビーにグランドピアノがあって、ああ、ピアノが弾けたらここで弾いたのにと思った。かっこいいだろうなあ。もしかしてわたしは、かっこいいことが好きなのかもしれない。本当は、ギリシャにも行きたかったが、遠いと判断し、ドイツに寄り、ヘルシンキに戻ったのだと思う。

長い旅行中には恋もあり、涙もあり、帰りの飛行機のチケットを失くすアクシデントもあり、青春映画のような毎日だった。スペインの最南端、マラガのペンションに泊まったときは、そこの家族や子どもたちと一緒に踊ったり、遊んだりして楽しい思い出だ。何もかもが初めてで美しかった。

2カ月後の9月初めに無事に横浜港に戻ってきたとき、港に迎えに来たうちの家族は、あまりのわたしの変貌ぶりに驚愕した。行きは膝上5センチの白いニットワンピースで清楚な感じだったのに、「バナナボート」でも歌い出しそうに真っ黒に日焼けした顔に、トンボ眼鏡のサングラス。黄色とオレンジの柄のノースリーブのパンタロンスーツ姿で現れたのだから無理もない。

こうして、大学3年の夏は完全燃焼して終わった。

第2章

わたしの長かった自分探しのこと

ウエディングドレスは着てみたけれど

わたしが欲しかった幸せとは

大学は卒業したが、就職する気はサラサラなかった。何かステキな人生を送りたい。しかし、その「何か」が見つからず、することのない日々が続いた。

というわけで、わたしの結婚は、文字どおり、かすったような結婚だったが、経験してよかったと思っている。結婚は時代が変わろうが女性の憧れのひとつであり、ここを通過しないことには落ち着かないものがあるからだ。結婚したいのか、したくないのか、結婚するべきかどうか、独身を貫くのか。女性なら迷わない人はいないのではないだろうか。

結婚って何者？　子孫を残すためには必要不可欠なものだが、現代において、種の保存を目的に結婚する人は少ないだろう。昨今、結婚はとても個人的なものになっているように感じる。

結婚にも相手の親の財産はもらうが、介護はしないという人は多い。まぁ、それはその人の自由だが、わたしは今の日本の結婚「入籍」制度には反対だ。これは紙きれひとつで人の自由を奪うものでしかない、と思うからだ。ヨーロッパのように、個人主義を求めるなら、「籍」はいらない。

わたしの若いころは、働く女性が少なかったこともあり、何の疑問も持たずに結婚は当たり前にするものだと思っていた。今でこそ、一家に一台ある冷蔵庫のように、未婚の娘や息子がひとりいるのは珍しくないが、当時は、冷蔵庫もそんなに普及していなかったせいか、ほとんどの人が、何の疑問も持たずに結婚したものだ。

大学の同級生を見ていると、好きとか嫌いとかではなく、経済力があるかないかで相手を選び、相手の布団に入って行った。それを本人も親も回りも疑問視しない。そんなふうに捉えるわたしが変なのか。

人のことは言えない。わたしがウエディングドレスを着たのは、大学を卒業してやることがなかったからだ。何を目標にして生きたらいいのかわからない。付き合っている人がいたので、「じゃ、結婚してみようか」。そんな感じだった。親は顔には出さなかったが反対に決まっている。

うちの母がおしゃれな人だったことから、わたしも大学生のときから、フランスのエレガンスの生地でオーダーメイドの服を作ってもらっていた。だから、ウエディングドレスのデザインを決めるのが楽しくて。よく覚えているが、白の型押しのベルベットでタートルネックのノースリーブのシンプルなデザイン。もちろんわたしが考えた。

家具も家紋入りの木彫りの高級品。笑ってしまうのだが、今でも壊れることなく実家に鎮座している。わたしとしては思い出したくないものなので、気分が悪い。しかし、高価なので捨てられない。

何事も一生続くものなどないのだから、一生モノの家具など買うものではないとつくづく思う。

当時の女の子にとり、憧れの新婚生活の始まりだろうが、新居でさんまを焼いているとき、ふと、「わたし、何やっているの?」と疑問が頭をもたげた。彼のために料理するわたし。ラブラブの新婚生活。でも、これが、わたしの求めていた幸せなのか。

同級生たちにとっては、結婚して主婦になることが夢かもしれないが、わたしの夢ではないと、大根おろしを作っている手が止まった。

「あなた、何やっているの。大根なんかおろしちゃって。似合ってないよ」ともうひとりのわたしが笑いかける。その声は日増しに大きくなり、わたし覆った。

することがないから結婚したので結婚には期待していなかったが、明らかに結婚はわたしに向いていなかった。だって、うれしいはずの彼を待つ夕食が悲しいのだから。どこかではわかっていたはずの馬鹿としか言いようのない自分の行動だが、困ったことにわたしという人は、理屈じゃなく、自分の体で体験してみないとわからない人なのだ。

女性たちがこぞってする結婚って、どういうものなのか。好きな人と暮らすってどういうことなのか。相手には本当に申し訳なかったと思うが、もてる人だったのですぐに違う相手と結婚したと思うし、やさしい人だったので、野放しのわたしなんかと一緒になる人ではもともとなかったのだ。もしかして、わたしって最低？　結婚を利用して自分の生き方を試したのだから。

可愛いエプロンつけて台所に立ち、高級家具に囲まれて、夫の帰りを待つ。夫はやさしくていい人。それが目の前にある。しかし、わたしの心の中は、「これがわたしの目指すものではない」で埋め尽くされていた。

このまま、こういう生活が続くのかと想像しただけでぞっとした。「こんなことするために生まれてきたんじゃない」と、もうひとりの自分が叫ぶ。

相手の問題ではなく、わたしには、結婚という二人三脚競争のような二人の息を合わせて生きる生き方が合わないのだ。実際にやってみて、そのことに気づいた。

人と合わせられない

踊りが好きなので、社交ダンスを習っていたことがある。そのときに先生から言われた一言はわたしを的確に表していたので、忘れることができない。発表会でルンバを踊る練習中に、先生はこう言ったのだ。

「松原さん、リードは僕がしますから。僕に身を任せてください」この先生の一言が、わたしを言い当てていたのにはおかしくなる。

男性のリードに合わせて女性が動くのが社交ダンスの基本だ。それなのに、わたしは男性の先生をリードしてしまっていたらしい。

相手に身をまかすなんて、わあ、嫌だ。それに、腰をぴったりつけて踊るのは、気持ちが悪い。男女の距離が近すぎる。華やかな舞台には立ちたかったが、そんな理由から出場するのをあきらめた。そしてこの日から、わたしは誰かと踊るのをやめ、ひとり踊ることにしたのである。

そんなわたしのことだから、普通ならうれしいはずの彼の通帳を持って銀行

に行くのにも違和感があった。これ、わたしじゃない。わたし、何している
の？　人のお金でスーパーで買い物して「奥さん」なんて呼ばれちゃって。こ
れは、ドラマじゃないのよ。
どんどん、自分が失われていく。普通は、うれしいはずの人と共有する生き
方に違和感を抱く。条件だけで、数回会っただけで、ウエディングドレスをう
れしそうに着ていく友人をたくさん見てきたが、わたしは、あの人たちとは違
う。でも、どう違うのかがわからない。そこが問題だった。わたしは見かけも
言動もとても普通だったから余計だ。
「結婚なんてそんなものよ。でも、長くいれば慣れるわよ。それに、子どもが
できたら変わるから」
と、既婚者は口を揃えて言う。そういうものかもしれないが、わたしは自分
の心を偽って暮らすことができない。
みんながどうかしているのか。それともわたしがどうかしているのか。
みんながそうするからとか、世間がそうだからとか……じゃ、あんたはどう

なの？　みんなが結婚するからしたんでしょ、自問自答が続いた。理屈じゃないのよ生きるというのは、という声が聞こえる。

今では、こんなにはっきりした意志を持っているのに、当時のわたしはどうしたらいいのか、何をしたら自分を納得させられるのかわからず、暗澹としていたのである。

特別な才能も特技もないわたしだが、みんなと同じ道を進むのだけは嫌だった。それだけは、はっきりしていた。

ひとり暮らしは風呂なしアパートから

実家には戻らない

大学卒業してすぐに結婚、そして離婚。まったく社会経験がない24歳のわたしが、離婚したからといって、実家に戻る考えは一切なかった。実家は電車で40分のところにあり、部屋は空いているのに、これっぽっちも実家に戻るという考えはなかった。昨今では、離婚すると実家に戻る女性が多いと聞く。それはおそらく、経済的理由からだろう。しかし、わたしにはお金はなかったが、親の世話になるという発想もなかった。

収入のない出戻り娘と、会話のない老夫婦にとり、娘のご帰還はウィン、ウィンの取引のようだ。なんとも情けないことだが、物事を決めるとき、行動をするときの動機は、すべてお金なのが悲しい。

野放しで育ったわたしに、親の元に帰り援助を得て暮らすなんて、まだ学生ならわかるが、ありえない話だ。一度結婚して家を出た大人が、再び親を頼る。わたしが変わっているのか、うちの親が変わっているのか知らないが、そんなことはどうでもいいことだ。わたしは、20歳過ぎたら、自分の道を行くのが当たり前だと思うからだ。誰に教わったことではなく、ただ、そう思うのだ。

今は、そうはっきり言えるが、そのときのわたしには、仕事を探さねば家賃も払えなかったので、そんな哲学的なことを考えている暇はなかったし、また、自立するんだという強い決心もなく、とても自然な成り行きで、ひとり暮らしをすることになった。

離婚を決意し自分を取り戻したわたしは、引っ越しの準備だ。古い生活を捨てるときは、なんとすがすがしいのだろう。わたしは、人もモノも捨てるのが得意かもしれない。新しい生活に向け心は高鳴る。

はきはきしているわたしは、さっさと自分の家具と彼の家具を分けて、二人の共通のものは、お互いが欲しいものをひとつずつ取り終了。引っ越し先は、3カ所になるため、段ボール箱に、A、B、Cと記号を振り、Aはここ、Bは実家、Cは新居とわかりやすく表示して待っていたら、運送屋さんに、こんな手際がいい人は見たことないと褒められ、あやうく運送会社にスカウトされるところだった。

自分では気づかなかったが、わたしは愛する人のさんまを二匹焼くより、自分が食べる一匹のさんまを焼く方が合っているし、また、その方が生き生きしている。

「明日から、自分のさんまを焼くわよ。二匹じゃないわよ、一匹よ！」

今でも行動がすばやいと驚かれるが、当時も行動は早かった。すぐに馴染みの路線に、自分で払える範囲のアパートを借り、そこにCの小さな荷物を運んでもらった。

Aは見晴らしのいい高級賃貸マンションに彼と残り、Bは100坪の土地に建つ戸建ての実家に、そして、Cは、風呂なし6畳ひと間のモルタル木造アパートに。家賃は1万円しなかったと思う。とにかく、いつ殺人事件が起こってもおかしくない、長くいると不幸になりそうな陰気なアパートだった。

窓を開けると下はじめじめとしていて雑草だらけ。1階なので、防犯上、窓は絶対に開けられない。もし、外に洗濯物を干したら変態に狙われる。運送屋さんはわたしのCの荷物を運びながら、「離婚は不幸である」という文字を自分の辞書に加えただろう。

でも、当のわたしは、自分の行くべき道を見つけた喜びで、裸電球に古道具屋で買ったベッドしかない部屋でも平気だった。

夜になると、壁の隙間から隣の明かりが見える。誰かが住んでいるようだ。隙間に顔を寄せ、耳を澄ませる。若いカップルのようだ。昨日と今日の環境の落差に、落ち込んでも不思議ではない状況なのに、鬱にもならず、むしろこれからの人生に夢をはせ、悲観したり感傷的になることはまったくなかった。

本当、両親の野放しの育て方がわたしには合っていたようだ。でも、子どもを信じていなければできないやり方なので、うちの両親もすごいということが、今になってわかった。

新聞の求人欄を見ては面接に行き仕事を探す毎日だったが、出向いてみると想像とは違う陰気な会社だったり。でも、それも20代のわたしには面白く感じられた。離婚してからは経済的に貧しくはあったが、ウエディングドレスを脱ぎ捨てたことで、わたしは、自立の一歩を踏み出すことができた。

新聞の求人欄で職探し

ファッションの仕事につく

わたしは三井財閥のお嬢さんではないのだから、働かねば食べることはできない。実家に頼る発想がまったくないわたしは、四の五の言っている場合ではなく、とにかく、生活費を稼がないといけなかった。しけたアパートの裸電球の下で、森英恵さんの会社の募集を見て、ファッション業界なのでこれならいけるかもと思い応募した。

すぐに採用されたが、デザイナー学院出身でもないわたしの配属は、社長秘書とは名ばかりの事務員。今でも存在しているのかもしれないが、新宿の東口の角の小さなビルの1階と2階に森英恵さんのお店はあり、当時ファッションの拠点でもあった。店の中は蝶のデザインで溢れて華やかだった。

しかし、事務員の仕事は単調の極み。社長に社員の出席簿を見せに行く。社員のお弁当の手配をする。それが主な仕事だ。会社勤めの事務というのは、こういう仕事をさせられるのか。3日目から、辞めたいコールが鳴ったが、わたしには珍しく6カ月勤めることができた。それは幸運にも次につながる仕事をそこで得たからだ。芸は身をたすく、という言葉があるが、それは本当だ。

趣味で習って作っていた革製品のバッグやベストなどをお店に置いてもらえることになった。今でこそ、革のベストや革のジャケットなどは秋の普通のアイテムだが、当時は、日本人は革を嫌っていたので、おしゃれな服としての製品は出回っていなかった。素人の作品が有名ブティックで採用されたのはラッキーだった。新しいもの好きのわたしが、いろいろ手を出していたのが、功を奏した形になった。

その後、女の子と二人で、マンションメーカーとして独立し、赤坂や青山のブティックに納品するまでになり、革製品の閑散期である夏には、ニット製品作りをがんばった。毎日、目が回るほど忙しく、働くことに夢中だった。

今思うに、本気でやり続けていれば、川久保玲さんや、コシノジュンコさんのようになれたかもしれないと、妄想することもあるが、ひとつのことをとことん極めることができないわたしには、なれるはずもないのは目に見えていることだ。

30歳が近づいていた。30という数字は20代の人にとり、とてつもなく大きい数字だ。もう小娘ではない。周りを見渡すと、みんな、そこそこのところに収まっていた。幸せかどうかは知らないが、外から見ると幸せそうに見えた。夫と子どもを従えた女性はそれだけで強く見える。

なんて言ったってあちらは3、こちらは1だもの、それだけで圧倒される。自分と彼女たちとは生き方が違うと思いながらも、3を見せつけられるとくじけそうになった。

30歳を目前にして、馬車馬を止め、わたしは立ち止まった。仕事は順調で、気がつくと、6畳一間だがお風呂もある原宿のマンションを自宅とし、青山のマンションの一室を借りて仕事場にするほど、仕事は上々。それなのに、自分で自分を責める日が続く。それに、わたしは働きづくめで、商売に、そして人間関係に相当疲れていた。ひどいアレルギー性鼻炎に悩まされ、これまでの人生の中で、最悪ともいえる体調不良に見舞われていた。ファッションの仕事といえばかっこいいが、所詮ビジネスだ。目的はお金だ。お金を儲けてどうするの？　あなたの目標は有名デザイナーになることなの？

今でこそ原宿は若者のファッションの聖地だが、50年前は、原宿に数件しかブティックがないころで、時代の最先端の仕事をしていたにもかかわらず、不足な自分がいた。

そのとき、わたしは初めて自分に合う職業を探し続けてきたのではなく、自分の心から幸せだと思える生き方を探していることに気づいた。

あれをやり、これをやりと遠回りしてきた末に、ちょっぴりお金持ちになり、楽な暮らしができるようになってはいたが、これじゃない、ともうひとりのわたしが悪魔のようにささやいた。

28歳の夏、仕事をあっさりと人に譲り、トランクひとつで、ニューヨークに向かった。引き留めるスタッフを振り切り、ひとり、仕事場を出て振り返る。さっきまで自分がいた青山のマンションの温かい光を見て、もう自分に戻るところはないと言い聞かせると、不覚にも涙がでた。

わたし、一体何をやっているのだろうか。

ニューヨークに行ってみたが

夢のようなＮＹ生活の裏側で

学生ビザを取得し、憧れの街、ニューヨークへ。最初の一歩で、わたしはニューヨークの虜になった。東京でもやもやしていた気持ちが晴れてゆく。絶対に、自分の進むべき道が見つかるはずだという予感がした。日本はわたしにとり窮屈なところだ。右にならえの人ばかりで、型にはまった人ばかりでまったく面白くない。

しかし、日本にいるときは、積極的な人だったはずなのに、アメリカ人の中に入ると、無口でおとなしい人になっているではないか。言葉がうまくしゃべれないと性格まで変わることを初めて体験した。これがよく言われている語学コンプレックスというものなのか。

焦った。1カ月たっても2カ月たっても英語は上達しない。クラスメートの日本人女性は、3カ月で臆せず英語で会話するのに、わたしは間違うのが恥ずかしくて、笑ってごまかしているので日がたっても変わらない。もしかして、わたしって頭が悪いの？　ああ、どうしよう。

それに、すでに20代後半だったにもかかわらず、アメリカ社会の中では、豆粒みたいな存在だと思い知らされた。小柄で英語もたどたどしいので、相手も子どものように接してくる。

ホームステイ先の家族はとても明るくていい人たちだったのはラッキーだった。とくに奥さんはわたしと2歳しか違わないのに美人で背が高く、胸のあいたドレスにヒールを履いた大人。2度目の結婚、クリーニング屋を夫と経営。子どもが二人いたが、わたしは3番目の子どものように、レストランに行くときは、いつも車の後部座席で子どもたちとワンセット。

日常会話には不自由しなかったが、議論できるようになるには程遠く、まるでアジアから来たお手伝いさんのように自分が思えた。人種のるつぼのアメリカ。実力があれば、何にでもなれる可能性のあるアメリカ。皆、可能性を求めてやってくるのだろうが、わたしは、この国では、わたし程度の人がどんなに頑張っても、同等に扱われることはないと直感した。

「君のうちのお手伝いさん、チャイニーズ？」

近所の子どもたちの会話が耳に入る。

「ジュンはハポンだよ」

「ジャップか」

日本人を下に見る、「ジャップ」という単語を知ったのも子どもたちからだ。一般のアメリカ人にとり、日本人はいまだに黄色いサルとして見られていることに愕然とした。

住むところではない

この国で認められている人といったら、ジョン・レノンと結婚したヨーコ・オノぐらいだろう。それくらいの大物女性にならない限り堂々と互角に渡り合えない。黒人だけが人種差別にあっているのではない。白人以外の人種は、みんな下等人種であることを、わたしは肌で感じた。憧れのニューヨークだったが、人種が付いて回るアメリカにうんざりする自分がいた。

語学スクールで知り合った20代の日本女性は、アメリカで暮らすのが夢で、それを実現するために来たと言っていた。だから英語もすぐに上達。ボーイフレンドの家にころがりこみ、その後、結婚して子どもをもうけ、住宅も購入した。

彼女のようにアメリカに憧れて、夢を実現させている人もいるが、たいていそういう人は、日本人が嫌いだ。どういうわけか、日本人なのにアメリカ人になってしまい、日本人を差別的にみるのだ。

日本の銀行で働く窓口の日本女性の感じの悪いこと、悪いこと。わたしのようなただの日本人には「What?」とぶっきらぼうなくせに。白人の男性が来ると「ハーイ！　今日のご機嫌はいかが。　わあ、　あなたのネクタイ似合ってるわ」とか言っちゃって見え見えだ。

でも、わたしは思った。彼女はアメリカ人になりきっているが、彼女もこの国で生きていくのに必死なのかもしれないと。

ニューヨークで、英語は上達しなかったが、下等人間を体験することができたのは、ずっと日本にいたら味わうことのできない貴重な体験だったと思っている。

この国はゲストで来るところで、住民になるところではない。いつも劣等感を持って暮らすのはごめんだ。刺激がありおもしろい街ではあるが、わたしが生きる場所ではない。

人種の劣等感を持つことなく暮らせる日本の良さを実感した。日本なら言葉の壁がないし、人種差別されることもないので、努力すれば何にでもなれる。

自分探しにニューヨークまで来たのに、3年滞在しても、自分の道を見つけることができず、日本でがんばろうという気持ちが持てたことは、収穫だった。

それはそれでいいのだが、わたしはまた、振り出しに戻ることになった。ほんと、こう書いていても、なんて馬鹿なんだろうと情けなくなるが、行動したからのこその結論だと、自分を納得させている。

帰国したとき、何もない31歳の自分がいた。わたし、何を求めて生きているの？　30代になっても何をしたいのか決まらない。

あなたを注目しているのはあなた

自分のすることに一番関心を持っているのは、親でも兄弟でもパートナーでも、ましてや友人でもなく、この自分だと気がついたとき、わたしは楽になった。

「世間なんか何よ。わたしはわたしよ」が口癖だったわたしなのに、何を隠そう、一番、世間の目を気にして生きていたのである。

有名人を見ると「あの人、どうやって有名になったのかしら。親の七光も人脈のうちか」と想像をめぐらせていた。

30代までのわたしは、人と自分を比べては、「負けている」と感じていた。こんなはずじゃなかった。あの人より素敵な人生を送れるはずだったのに、どこで狂ってしまったのかしら。見返してやりたいというほどの強い意思は持っていないものの、誰からも注目されない自分が悲しかった。

まがりなりにも結婚して子どもを産んでいれば、ひとまず周りは認めてくれるが、結婚もせず、さりとてやりたいこともなく、ただ日々を過ごしている自分に関心をよせてくれる人などいない。

「ああ、こんなはずじゃなかったのに」。その気持ちのくり返し。「やっぱり結婚」しかないのか。

今思うと、わたしはなんて愚かな女だったんだろうと恥ずかしくなる。

そんなあるとき、「人生の師」と尊敬している女性から言われた言葉がある。

「あなたを注目しているのはあなたよ」

その方は、人生が思うようにいかずにもがいているわたしに向かって、こう言葉を続けた。

「まあまあ、あなたってお嬢さんね。何もわかってないのね。でも、そこがあなたのいいところね。あなたのことなど誰も注目していないわよ。あなたに関心を持っているのはあなただけよ。だからその自分をがっかりさせないように、自分に正直に生きることが大事ですよ」

自分のことを注目しているのは自分。他の誰でもない。この言葉はわたしの胸をグサリと刺した。

わたしはナイフが胸に刺さったまま、家路についた。

そうだよ。この自分が満足する生き方をしなければ、いつまでたっても幸せにはなれない。お金持ちになろうが、自分が満足していなかったら空しいだけだ。

わたしは初めて自分に謝った。

「ごめんね。いつもあなたという観客をないがしろにしていて。あなたがわたしの一番のファンで味方なのに」

自分の生き方に注目しているのは、他人ではない。
それからというもの、落ち込んだり、物事がうまくいかなくなったときに、
こう言って聞かせている。
「がんばってね、じゅんこさん。こつこつやろうよ、わたしが見ててあげるからさ」

デビューは突然やってきた

家を買うという敗北

学校の勉強もそこそこだったわたしが、物書きになった。一番驚いているのは、外でもない、わたしだ。自分は何をやったら幸せを実感できる人生を送れるのか。20代、30代は、その答えを見つけるために職業を変え外国にまで飛び出したが、帰国したから何かつかめたわけでもない。これまで通りのふわふわと、ただ年齢を重ねただけのわたしだった。

そんなわたしを見かねた苦労人の先輩女性から勧められたのが、女ひとりで生きるための老後の家を確保することだった。家と宝石は男性に買ってもらうものだと思っていたので、細腕のわたしが自分で自分の家を買うなんて、考えもしないことだった。

しかし、すでに35歳を過ぎていたわたしは、「女ひとりの老後」という言葉に頭をハンマーで打たれるショックを受けた。夢を追いかけて生きるのはいいけれど、あんたは十分に年だよ、と言われている気がしたからだ。

見た目は、ニューヨーク帰りのおしゃれで最先端のわたし。外見とはあまりに違う、ぐちゃぐちゃな内面とのギャップが、わたしをさらに苦しめた。敗北だった。

親に頭を下げて頭金の援助を受け、ローンは自分で払う方式で、中目黒の中古マンションを購入した。わが日本では60歳以上の人には家を貸さない悪しき習慣があるので、現実を踏まえて生きていくことも必要かもしれないと思ったからだ。現実か。これがわたしの現実か。

「あなたは、今まで何のために時間を費やしてきたの？　ほら見て、あなたの同級生たちの賢いこと。親になり自分の位置をしっかりキープしているじゃないの。現実はあなたが思うほど甘くはないのよ。生きるというのは夢ではないのよ」と、もうひとりのわたしが言う。

うれしいはずの自分の城を得たというのに、惨敗の気持ちだ。マンションの鍵を不動産屋からもらい、まだ照明もついていない暗くて冷たい新居にあがったとき、ふいに涙があふれて止まらなくなった。こんなはずじゃなかった……でも、これがわたしの現実なのだ。

初めて自分の現実を突きつけられ、初めてそれを認めた瞬間だった。完全なる敗北である。わたしはわたしに負けたのだ。自分との戦いに白旗をあげ、わたしの長い自分探しの旅はこういう形で終わった。

何にでもなれるはずだったのに、真の幸せを求めてきたのに、結果はこれだ。そのとき、わたしは、もう誰に同情されようが構わないと心から思った。同級生たちは医者や弁護士の妻に収まってリッチに暮らしているが、そんなのはどうでもいいことだ。彼女たちが幸せだろうが、幸せのふりをしていようが、そんなのどうでもいいことだ。人と比べるのはやめよう。がんばってきた自分を少し、褒めてあげよう。

わたしは、初めてだめな自分と向き合って会話していた。

「ごめんね。こんなわたしで。でも、わたし、ひとりでがんばるよ」

涙で枕がびしょびしょになった。

神様は見ていた

神様はいる。確かにいる。神様は、わたしの苦悩する姿をずっと見ていて、わたしがどこまで耐えられるのか試していたのかもしれない。わたしには、そう感じられてならない。

もう、自分探しはやめて現実の自分をしこしこと生きていこう。ローンの金額分だけは、皿洗いしてでもいいから稼がないといけない。人には言わなかったが、スナックでアルバイトもした。

皿洗いは上手だったが、自分でもびっくりするほど接客がへたで、1カ月でクビになった。そう、わたしは社交ダンスでおわかりのように、相手に合わせられないのだ。お調子のいいことが言えないのだ。正直と言えば聞こえがいいが、要するに世渡りがヘタなのだ。お金のためにホステスになる選択肢は、この時点で消えた。

運命の出会いは近づいていた。

夢もへったくれもない。少しでもお金を稼がないとならない状況だった。そこで、アメリカに詳しいわたしは、大胆にも、週刊誌に記事を書かせてもらおうと考えたのだ。なぜなら、当時まだ、対岸の火事でしかなかったエイズ流行の兆しを体験していたからだ。

小学生のときの作文以来、文字を書いたことがなかったが、売り込んだ。ハングリーだからこそ、こんな恐ろしい考えが浮かび、行動できたのだ。ハングリーさは、自分の持っていない能力を引き出す原動力だ。おなかいっぱいでは、現状維持しかない。

記事を書いたといっても年に1本か2本程度。その仕事のご縁で、文藝春秋の担当者に誘われ、新宿のカラオケ店に行った。ここだけの話だが、わたしはカラオケが嫌いだ。しかし、仕事をもらっていたのでついていく。しかもその店が2軒目だ。帰りたくってうずうずしていた。同社の年配の男性と隣り合わせになる。もちろん、わたしのことなどまったく知らない。でも、さすが有名出版社の人だけあり、品のいい男性だ。

「松原さんって、うちの何をやっているの」と聞かれたので、週刊文春の記事を時々と答えると、彼はすかさず聞いてきた。

「松原さん、あなた、いくつ?」年齢を聞かれ戸惑う。だから、日本の男性って嫌なのよ。アメリカなら絶対に女性に年齢を聞くことはない。

「……37です」

と、いやいや答えると、今度は、

「独身?」

と聞いてくるではないか。わたしはこういう会話が一番苦手だが、ここは日本なので答えざるをえなかった。

「……まあ……今は、でも、いい人がいたら……」と、心にもないことを言って、相手を喜ばせるわたし。ああ、これって自分じゃないわ。

するとI、彼はこう言った。

「君ね。独身でこの業界で生きていくなら、週刊誌の仕事なんかやってちゃだめだよ。週刊誌はトイレットペーパーみたいなものだからね。単行本を書かないと生きていけないよ」

わたしは彼の言葉を、文字通り、トイレットペーパーのように聞き流していた。なぜなら、本を書く気などさらさらなかったからだ。

すると、彼はしばらく無口になり、こう言った。

「何か……いい企画があったら持っていらっしゃい」

人との出会いの大切さ

デビュー作『女が家を買うとき』のヒット祝いの食事をしたときに、この話をすると、「ああそうですか。僕、そんなこと言いましたか？　実は、あのときお酒が回っていて、まったく覚えてないんですよ」ですって。

　行きたくないカラオケに行ったから、今のわたしがいる。わたしはずっと、自分で自分の道を探してきたが、人との出会いで開かれることに気づかされた。「みなさん、カラオケに誘われたら、気が進まなくても、断らずに行く方がいいですよ。ダイヤモンドは、どこに落ちているかわからない。期待していないところに、落ちているものなのよ」と講演会では、必ずこの話をすることにしている。

　人生とは、延々と続く単調なビーチを、ひとりで歩くようなものだ。何もないように見える砂浜だが、そうではない。ダイヤモンドは、そこかしこに隠れて見つけられるのを待っている。ダイヤモンドは探しているときは見つからないが、欲を捨てて謙虚に生きているときに足元に現れるのだと、経験から言うことができる。

　勉強が嫌いなわたしが、物書きという仕事で自立できると、誰が思っただろうか。デビュー作が本屋に並び、有頂天になるわたしに父は笑いながら言った。

「誰でも一冊は書ける。まあ、あんまり、いい気にならずに……がんばってください。ハハハ」その父がわたしの一番の応援者だったのを知ったのは、亡くなってからだ。

作家志望ではないのに、どちらかというと舞台で踊る方が合っているのに、書くという苦しい仕事につかされたのは、やはり神様が決めたシナリオだったのだろうか。

マンションを買うとき、両親に頭金は出してもらったが、離婚後、家賃や生活費の援助は一切受けずに暮らしてきたことは、わたしにとり普通だが、人からは驚かれる。出版社ともひも付きにならなかったのも普通だと思っていたが、世の中はそうでもないようだ。

男性社会の中で女性がひとりで生きていくためには、自分を曲げる人もいるようだが、わたしは断じてしない。もし、仕事をもらうためにやらないと生きていけないのなら、舌を噛んで死んだ方がましだ。一度、舌を噛んで試してみたことがあるが、怖くなり途中でやめた。

女を武器にせずに、ペン一本だけで生活できたのはやはり奇跡としか言いようがない。ただひとつわたしが胸を張って言えることは、どんな小さな仕事でも来る仕事は断らず、全力で向かってきたことだ。

物書きの末席にいるわたしに、仕事を与えてくれた出版社、編集者の方々には、本当に本当に感謝している。素人のわたしに本を書かせてくれたのだから。「松原さんの本って漫画みたいに一気に読めちゃう。さらさらって書けていいわね」と褒めたつもりで言う人がいるが、安全柵の中で生きている人の発言だなあと思う。

無から有を生む苦しみを知らないから言えるのだろうが、さらさら書いている物書きがどこにいるというのか。

でも、何を言われても、わからない人はわからないので、同じ地球に住んでいても住む世界がちがう人には、笑ってごまかすことにしている。

日本昔ばなしの「鶴の恩返し」は誰もが知る話だが、わたしは時々、自分の羽を抜きながら機織りをする鶴と自分が、重なるときがある。

第3章

『女が家を買うとき』は正解だったのか

お金もないのに家を買ったわけ

我に返った出来事

　女性がシングルで生きるなら、自分の家だけは確保した方がいい、と先輩女性に言われ、お金もないのに親に保証人になってもらい、中目黒の中古マンションを買ったいきさつを書いたのが、デビュー作の『女が家を買うとき』（文藝春秋）だ。

　住まいに興味があったわけではないが、それ以来、わたしと家は切っても切れない関係となり、家なくして、自分の生き方を語ることができないほどになった。誰が仕組んだのか知らないが、わたしの人生のパートナーは男性ではなく、家だったようだ。

当時、シングルで人生の目的も見つけられずに30代後半になっていたわたしに家を買うように勧めたのは、貧乏から這い上がり家を買った苦労人の先輩女性だ。彼女は、いい年をしてふわふわ生きているわたしを見かねたのだろう。

「あなた、今はいいけど、60歳を過ぎたら家を貸してもらえないわよ。仕事も結婚もその気になればいつでもできるけど、家だけは確保する年齢があるのよ。親に保証人になってもらってマンションを買いなさい！」

彼女の強い口調に、わたしは我に返った。30代になっても、目標が定まらないこの生活を続けていたら、ホームレスになってしまうかもしれないと思ったからだ。

今の時代は、女性が働くのは当たり前の世の中なので、シングル女性がマンションを購入しても誰も驚かないが、当時（1980年代）は、「女の幸せは結婚」といわれた時代だったこともあり、また、4年制大学に進学する女性も少なく、ほとんどの女性が30歳の声を聞く前に、雪崩のように結婚に流れ込んだ。

まあ、なんと嫌味な言い方なのかしら。楽な人生を望む人は、雪崩に飛び込めばいいのだ。わたしはみんなと違う生き方をしたいだけの話だ。しかし、言うは易しで、実際に、なんの特技もない女がひとりで生計をたてるのは、並大抵のことではない。

「家と宝石は男性に買ってもらうもの」と豪語していたので、まさか、自分の意に反して自分で家を買うことになるとは敗北そのものだった。「親は生きているうちに使え」と苦労人に言われ、親に保証人になってもらい中古のマンションを買ったときは、自分が哀れで、涙が止まらなかった。

「ああ、これが楽な道を選ばなかった結果か。何てへたな生き方なんだろう。でも、これがわたしなのだから仕方がない。ひとりで、アルバイトをしながらローン分を稼ぎ、しこしこ返しながら地道に生きていくわ」

今思うと、もし、このとき、家を買っていなかったら、わたしは何をしていたのかと恐ろしくなる。おそらく、にっちもさっちもいかなくなり、踏切に飛び込んでいたかもしれない。しかし、踏切に飛び込む勇気も持ち合わせてないわたしだ。ほんとに中途半端な自分で嫌になるが、それがわたしなのだ。

こんな30代を送っていたので、家を買ったことで人生が好転したのは、奇跡としかいいようがない。運がいいというしかない。

ただ、家を買ってからのわたしは変わった。それまでの自分と違い、このちっぽけな自分で生きていく決心がついたからだ。言い換えれば、家を買ったことでわたしは初めて自立したのだ。家の主になったことで、地に足がついた日々を送るようになったのだ。もう、逃げも隠れもできない。生れて初めて肝がすわった瞬間だった。

作家を目指していたわけではないのに本を書けることになり、お金もないのにマンションを買ったシングル女性の心境を書いたデビュー作がヒットして今に至るのだが、人生は先に何が待ち受けているのか、本当にわからないものだと経験をとおして実感している。

自分で決めたんじゃないの

ドラマが教えてくれた真の自立

講演に招かれたときなど、『女が家を買うとき』がドラマ化されたときの話をすると、みなさんがそのドラマを見なかったことが残念という顔をする。ドラマ化されたときの裏話をするので、思わず興味をひかれてしまうようだ。

あのときは実におもしろかった。1986年に『女が家を買うとき』を出すまでは、家の電話はめったに鳴らなかったのに、本が出たとたん、テレビの制作会社からの電話が殺到したのである。一夜にして俵万智(たわらまち)になった気分だ。

「もしもし、私、○○プロダクションといいますが、是非、『女が家を買うとき』の本をドラマ化させていただきたいのですが」

まさにうれしい悲鳴である。自分の書いた本がテレビドラマになるなんて。考えてみれば夢みたいな話だ。

「ねえ、ねえ、わたしの本がテレビドラマになるみたいなの。老人ホームでの楽しみが増えたわね」

友達も大よろこび、なにせ『女が家を買うとき』は、わたし自身の体験談、実話であるからだ。わたしの役を誰が演じるのか、想像しただけで興奮してくる。

十社くらいから申し込みがあり、その中の一社に決めた。その制作会社に決めたのは、プロデューサーがわたしと同じ年の独身の女性だったからである。

とにかく、わたしとしては、さわやかでコミカルなドラマにしてほしかった。ドラマはフジテレビの金曜ドラマスペシャル（2時間）でやることが決まった。

脚本などはすべて制作会社に任せることになった。そこで、わたしの気がかりはといえば、主演のわたしの役を誰が演じるのかだ。

30代の都会に住むシングルウーマンを、コメディタッチでシリアスに演じられる女優っているかしら。

竹下景子？　ちょっとちがう。市毛良枝？　ぜんぜんちがう。小川知子は？　近いかも。泉ピン子ってことはないわよね。

ひとりで女優の顔を浮かべては消していると、後日、プロデューサーから配役についての相談があった。

「主役はどの女優さんにしますか？」

わたしのような無名の原作者に女優を選ぶ権利があるとは思ってもいなかったので、びっくりした。

「ええ、急に言われても浮ばないのですが」

といいながら、わたしは大胆にも、

「大原麗子さんはどうでしょうか」

と言っていた。だって、どうせ、一生残るものなら一番美しい人に私の役をやってもらいたい。小説ならともかくこれは他ならぬ私自身の物語なのだから。

すると、プロデューサーは、平然とした顔で、「じゃ、聞いてみましょう」

と言うではないか。言ってみるものだ。

わたしの役を、かの有名な、あの美しい大原麗子が……うっとりしていたが、これは、スケジュールの関係で実現しなかった。

「他に誰がいいかしらね。桃井かおりはどうでしょうか」

プロデューサーにそういわれたとき、わたしは正直言って気が進まなかった。桃井かおりは個性的な女優さんだが、彼女独特のしゃべり方があまり好きでない。

しかし、結果的には、桃井かおりで大正解だった。

ジュンコを桃井がおりが演じ、54歳の見合いの相手を佐藤慶が演じた。本当は田村正和にやってほしかったが、いくらなんでも恥ずかしくて言えなかった。

よく、原作とテレビの脚本は違うといわれているが、あれは本当だ。書く人が異なるので、まったく出来あがったものが違う場合が多い。

わたしのドラマもそういう意味では、かなり脚色されていたが、30代独身の女性の気持ちがよく出ていて、原作者がいうのもなんだが、とてもよくできたドラマになった。

オンエアの日は胸がドキドキした。集まってくれた友人たちも、自分の役を誰がやるのか気が気ではない。

「いやだ。わたし、結婚相談所なんかに加入してないわよ」

と言いながらも、ドラマの出来には満足しているようだった。

全体は、コミカルで笑っちゃうという感じなのだが、一カ所、泣かせるところがある。

オンエアされるまでに何度も観ているのにもかかわらず、そのシーンのところになると必ず泣いてしまう。

考えたらバカみたいな話である。自分のことなのに。でも、友達もこのシーンは泣くわね、という。なぜなら、30代のシングル女性の複雑な気持ちがよく表れているからである。結婚により幸福になりたいのだが、しかし……。

ジュンコこと、桃井かおりが駅からでてくると雨がふっている。ザーザーぶりである。どうしようかと思っていると、傘が差しだされる。見合いをして返事を曖昧にしていた54歳の男性からである。

桃井かおりはびっくりする。どうして、この時間に私が帰ることを知っていたのか。

佐藤慶は答える。

「留守番電話に九時に帰りますと入っていたので、朝は天気がよかったので傘を持ってないだろうと思って……」

やさしい人なのだ。

彼はジュンコに、「僕との結婚について考えてくれたか」と聞く。

ジュンコは、老後のことなどを考えると不安になり結婚によってその不安から救われたいと思っている。わらにもすがる気持ちだ。見合いをした人はいい人だ。収入もある。自由にさせてくれるという。それでなんの不服があるというのか。これを逃したら、もう結婚できるチャンスはない。

惑うジュンコに彼はいう。

「あなたは何もしなくてもいい。好きなことをしていい。ただ僕と一緒に歩いてほしいのです」と。

するとジュンコこと桃井かおりは我に返る。

「それがダメなんです。私だって、いい生活はしたい。不安のない暮らしをしたい。でも、それは誰かにそうしてもらうのではなく、本当は自分で、自分の力でそうしたいんです。ごめんなさい……」

紳士でものわかりのいい彼はいう。

「僕にはどうすることもできないんですね」

桃井かおりは、涙を浮かべながらうなずく。

彼は大人の男である。

「わかりました」

傘を彼女に差しだし帰ろうとする。彼女は、傘をもらうことを拒否する。

彼は行ってしまう。

「さよなら」

桃井かおりはビショぬれになりながら歩いている。

「ああ……行っちゃった。いい人だったのにね」

彼女は泣いている。雨は激しく降り続いている。恋人同士が楽しそうに通りすぎる。

桃井かおりは泣いている自分にいう。

「なに泣いてるのよ。自分で決めたんじゃない」

何度観ても、このシーンでジーンとしてしまう。原作に、このセリフはないが、わたしは、このセリフのすごさに脱帽している。

つまり、結婚するも、しないも、何をやるも、やらないも自分で決めたことなのである。自分で決めたことなのだから、自分で責任をとって生きていく。それが、自立であり、大事なことなのだ。

実際実行するとなるとむずかしいが、自立とは簡単なことである。経済的自立、精神的自立の二本立てで論議されがちな自立だが、自立とはとてもシンプル。つまり自分で決めたことに責任をもって生きること、これなのである。

結婚したら、結婚するのを決めたのは自分なのだから、その責任を背負って生きていくべきなのである。

だから、職業を持っている人が自立していて、無職の主婦が自立していないということはいえない。そんな外見上のことではないのだ。

結婚した責任、子どもを産んだ責任、職業を持った責任、ひとりでいる責任、それを自覚し背負って生きていく。そこにしか真の自立はない。

くしくもわたしはドラマの中の自分に、自立という意味を教わった。

マンションを買う喜びと不安

「一生安泰」のまやかし

デビュー作が、シングル女性のマンション購入ブームの引き金になったのは、間違いないのだが、これこそ想定外だった。たぶん、読者の方の中にも、『女が家を買うとき』を読んで、不動産屋に走った人も少なくないはずだ。

シングル女性が自分の家を購入するのは、経済力があるからではなく、自立の第一歩だというのがわたしの考え方だ。結婚していてもしていなくても、お金があってもなくても、人は自立してないとだめだ。誰かに寄りかかって生きる寄生虫人生はだめだ。これだけははっきり言える。

自分の気持ちが変わるように、人の気持ちも変わる。「そんなはずじゃなかった」と嘆く前に、自分の道を作っておかないと長い人生でひどい目に遭うような気がする。

　今は幸せでも、いずれ離婚することもあるので、女性は、夫とは別に自分の財産を持っておいた方がいいというのが、わたしの主張だ。不動産購入の共有名義はお勧めできない。そんなことをしたら離婚できなくなる。別に離婚を勧めるわけではないが、結婚しても個であるべきだとわたしは思うからだ。

　真の自立を目指す女性は、絶対に夫とはいえ他人を頼ってはいけない。なので、わたしは講演会のときなどは、ここだけの話として、またわざわざ足を運んでくださった皆さまにお礼として話す。

「ねえ、夫にわからないようにコツコツお金を貯めて自分名義の小さな物件を買っておいたらどうかしら」

　先輩ぶって申し訳ないが、人生の後半には、どんな崖が待ち受けているかわからない。とくに令和時代は、予測不可能な世の中になるだろう。そのときにあたふたしないためにも、自分の財産は自分で確保しておくのが賢明だ。

それほどまでに、デビューしてからずっと家を買うことを勧めてきたわたしだが、最近は買うことを勧める気になれないでいる。正直に話そう。今の時代は一生安泰だと思い35年ローンを組んで購入した家も、一生住めるとは限らないからだ。ここだけの話だが、35年ローンを組むのは自殺行為ですよ。なぜなら、そんな遠い未来まで日本があるかどうかもわからない。

わたしもそうだったが、日本社会では持ち家を推奨するし、国民も持ち家が憧れだ。日本の高度経済成長を支えたのは、持ち家制度だ。今になると、それに乗ってしまった自分が腹立たしいが、そのときはいいと思ったのだから、しかたがなかったということにしている。

政府は持ち家の人から取りっぱぐれのない固定資産税を取るために持ち家を推奨、銀行は、たいした給料ももらっていない人に、ローンを長くすることで月々の支払いは賃貸より安くなるという甘い言葉で住宅ローンを組ませる。ローンというと聞こえはいいが、莫大な借金を背負わされるのだ。30年、35年ローンということは、40歳でサインした人は75歳まで払い続けることになる。

そして、売ろうとしたときにはボロボロで、価値が下がり資産にはならない。そんな光景が想像できる。

持ち家の弱点

わたしが初めてマンションを購入したときは、バブルが始まるちょっと前だったこともあり、わたしの仕事も時代の恩恵を受け順調。まあ、額も小さかったこともあり、10年でローンを返し終え、その後、1LDKから3LDKのマンションに買い替えることもできた。バブルのときは、多くのシングル女性が買い替えたように記憶している。

わたしは3LDKの目黒のマンションを、わたしは愛していた。インテリアに凝り、仕事の友達を呼んでのホームパーティー。人の出入りが多くいつも部屋は華やいでいた。年齢的にも50代だったので若くもなければ老いてもいない、ちょうど食べごろのパパイアみたいな時期だったのでなおさらだ。

築年数の古いマンションだったので、死ぬまで住めるかの一抹の不安はあったものの、追い出される心配はない。建物が古くても住めればいいじゃないか。そこに、あの大災害、東日本大震災が発生し、わたしの家に対する考え方は変わることになった。

被災した方たちの映像を見ていて気づいたことがある。津波で家を失い途方に暮れている人の姿を見ていて、持ち家の弱点を見せつけられたからだ。

家が流されローンは残った。明日からどうやって暮らせばいいのか。一方、賃貸の人もいるわけで、家具は流されても、また翌日から別の場所で家を借りれば、住むところに困ることはない。ローンという借金がない分、大きな損失は免れる。

賃貸は自分の持ち物でないので気楽だ。ヤドカリが殻を次々に代えていくように、自分の状況により変えていけるのが賃貸の強みだ。家賃もローンも、お金を払う点で同じだ。違いは、自分の持ち家か、そうでないか、その一点だけだ。もし、家賃を払うお金が不足することになったら、例えば、家賃の安い地方に暮らすこともできる。

今は、空き家でタダ同然で貸してくれるところが全国にはいっぱいある。仕事は？　と心配する人もいるだろうが、生活費が抑えられるので、収入が少なくても暮らせる可能性は高い。

持ち家を財産と思わずに、住む場所として考えれば、気楽に生きられる気がする。わたしたちは、財産家だろうが貧乏人であろうが、最後はひとりでこの世を去る。何もあの世にもっていくことはできない。だったら、お金に不安のない身の丈にあった生活をするのはどうだろう。

わたしも気づかないうちに高齢者という枠に入ってしまったが、老いを感じる年齢になると、持つことの喜びより、持つわずらわしさの方が増す。

日本は、ついに災害時期に入ったと思われる。昨今の集中豪雨のすさまじさ、川の大氾濫、山は怒りをぶちまけるように崩れ落ちる。地震も各地で多発している。不気味なのは首都圏直下型がまだ来ないことと、富士山の噴火だ。

今さら説明するまでもないが、日本列島は小さな島で火山国だ。地球で最も大きなプレートが重なり合っている世界で最も危険と言われている場所だ。

土地に境界線をつけて自分の所有だと言っている場合ではない。世紀に一度の大大災害が来ようと息をひそめているというのに、土地やマンションに固執している場合ではない気がする。わたしには、持つことが自分の行動の妨害となる時代がきているように思えてならない。

コロナの影響で、都心にいなくても仕事ができることが証明された。地方は物価も安く、タダ同然で住めるところがたくさんあるとしたら、思いきって移転するチャンスでもある。

今から移転したら、まず、首都圏直下型地震からは逃れられる。都心の道はコンクリートで固められ、土は封じ込められ呼吸ができない状態が長く続いている。土の反乱は必ず起こるだろう。人間は自由に自然を操ることはできないのに、土をとじこめて平気で暮らしているとは、なんたることか。

コロナで自粛している間に埼玉の自宅で思ったことは、もうコンクリートの道路を歩きたくない、だった。自然のしっぺ返しは必ずくる。しかも、そう遠くないだろう。そういう大事なことは、専門家に聞くまでもなく、動物として本能が残っている人には感じとることができるはずだ。

便利さだけを追い求めてきた21世紀。その結果が自然のリズムを破壊し、自然界から報復を受ける。科学者が火星に住めるように熱心に研究する時間とお金があるなら、人類から飢餓をなくしてよ。緑で地球をうめてよ。あんたたちなら、簡単なことでしょ。と言いたい。

立派な科学者はいるだろうが、科学者は自然を無視した研究ばかりするので嫌いだ。ＡＩもインターネットも、いい加減にしてよ、と言いたい。

一生住むはずだったわたしの城が崩れた

母との同居に至るまで

人生の先はわからないもので、わたしが65歳のときに、ひとり暮らしの母の家に間借りすることになった。することになったというと母の理由のように聞こえるが、わたしが自分で決め、きちんとした母の承諾もなく転がり込んだというのが正しい言い方だ。

実は、一生住み続けるつもりで購入した目黒のマンションで、漏水トラブルに巻き込まれたことに嫌気がさして、売却することにしたのだ。

大好きな町、大好きなマンションだったので悩んだが、嫌だとその場にとどまっていられない性格のわたしだ。離婚したときも同じだ。2年間、解決に向けて管理会社や管理組合の理事たちと戦ったが、ラチがあかず去ることにした。人にとってはたいしたことでないことでも、わたしには大問題。だから、わたしはいつも損をして去ることになる。トラブルに強くないというか、交渉して粘れない性格なのだ。まあ、よくいえば、あっさりしているのだが、「お金より今の気分」を優先する自分には、実は自分でも呆れている。

目黒のマンションを売る？　マンションを出る？　このわたしの決断に、家族や友達は、わたし以上に驚いた。みんながみんな、間違った決断だと言わんばかりの顔をしたので、それ以後は、自分から引っ越したことを話さなくなった。人の不幸は蜜の味という言葉があるが、都落ちしたととらえた人も多かったようだ。まあ、人の考えを変えることはできないので、どう思っていただいてもいいのだが。

「お母さん、緊急事態が発生したのよ。悪いけど一時的に間借りさせてください。その代わり、家賃は払います」

突然の押しかけ宣言にびっくりした母だったが、「家賃」の二文字に反応したのをわたしは見逃さなかった。誰もがお金が入るのはうれしい。とくに、年金収入のみで暮らしている母はなおさらだ。

なぜ、実家に間借りをすることに決めたかというと以下の通りだ。売却が突然決まり、2カ月で空け渡すことになった。とりあえずの住まいとして賃貸マンションに移り、よく考えてから次のマンションを購入することにしたからだ。ところが、目白の1LDKの賃貸マンションを見つけて喜んでいたところ、契約日の前日に不動産屋から電話があったり、大家さんから契約の白紙撤回を申し渡された。

一瞬、頭が真っ白になった。なぜ? 20万も30万もする部屋を借りるならわかるが、9万円のお部屋を借りるのになぜ、貸してもらえないのか。マンションを売却するので現金はある。それに多少の収入もある。本も70冊以上書いてきた実績もある。身元保証人もたてた。それなのになぜ? なぜ?

断られた理由は意外にもわたしの年齢だった。大家さんは若い会社員のお嬢さんに貸したかったようだ。そこで、わたしは、生まれて初めて「60歳以上の人には貸さない」という日本社会の現実に直面したのだった。

高齢者に部屋を貸さない慣習に対して問題意識を持っているわたしは、そのことに関して『老後ひとりぼっち』（SB新書）という本にまでしたというのに。自分がその当事者になるとは、夢にも思わなかったことだ。

年齢で断られたことが、わたしを完全に打ちのめした。本人の了解なく「高齢者」の枠に入れられムカついた。日本は、こうして高齢者を弱者にしていくのか。これは基本的人権の侵害ではないか。

わたしが頭にきていると、売却してくれた不動産屋の人から、「次を探すのは落ち着いてからにすればどうですか。実家も近いし、一時的に住まわせてもらえばいいじゃないですか」と提案された。

「きっとお母さんも、喜ぶと思いますよ。いくら元気がよくても、年だからね。心細いはずですよ」

「……う〜ん、そうかな」と疑問も感じたが、行き場がなかったので間借りをすることにしたというわけである。

母と同居してわかったこと

納得しようと努めたが

実家に避難してきたときの心境は、漏水の家から逃れられた安堵の気持ちでいっぱいだった。雨が降ると、バケツを置いても水が溢れた目黒のマンションの玄関や、廊下の壁と天井の間に広がる水滴にもう悩まされなくてもいいのだ。それだけで、幸せだった。

たかが漏水と思うかもしれないが、これは体験した人でないとわからないことだと思う。精神を病むと言っても大げさではないほど打ちのめされる。

実家の2階は文字通り、災害時の一時避難所になったわけだが、さて次の住まいをどうするかとなると、なかなか答えが出ない状態で月日が過ぎていった。

これまでのわたしなら、思いついたことは即実行に移していたが、今回だけは、65歳という年齢がブレーキをかけた。

この漏水事件は、走り続けていたわたしにストップをかけるために神様が仕組んだしわざなのだろうか。朽ち行くマンションから逃れはしたが、ため息が出る。一体、わたしはここで何をしているのか。

一生住むつもりだった目黒のマンションをあっさりと手放したのはよかったが、大人になってから一度も親と同居したことなどないのに。いくら、家賃を払い生活は別々であっても、親との同居は、最も自分らしくない選択であることは確かだ。手持ちの金額で買えるマンションを探して、一刻も早く出よう。

もう、コンクリートジャングルの都内に暮らす気はなかったので、近隣のマンションを探す。しかし、都内では小さな物件がたくさんあるが、埼玉県はファミリータイプの物件しかないことを知る。今さら、3LDKに住む気もないし、住まいに何千万円もかける気もしない。というわけで、もう少し考えてみることにした。

いろいろな思いが頭の中を駆け巡る。65歳といえば、会社員ならリタイアしている年齢だ。それに、いつ死んでも驚かない年齢だ。仕事中心で走り続けてきたが、これからは生きがいとなっている今の仕事も減るだろう。それにいくら身の軽いわたしでも、引っ越しは考えてしまうところだ。わたしも年を取ったようだ。

正直な話、東京の生活しか考えられなかったが、43年ぶりに戸建てに住んでみると、それなりによい発見もあった。土の上に住む安心感と言ったらいいのだろうか。子どものころ土手に寝そべっていたあの大地を背中でとらえていた感触がよみがえる。

長い間仕事ばかりしてきたが、そろそろ人生の終盤に入り、暮らし方を変えるときが来たのかもしれないなあと、わたしにしては珍しく謙虚になっていた。母も元気だがもうすぐ90歳だ。

決断の早いわたしにしては珍しく、引っ越しの件について、友人や先輩の人に相談した。何十年かぶりに占い師にも観てもらったのだから、相当迷っていた。お坊さんにも聞いてみたがますます迷う結果となった。

結婚している友人は全員が、親と同居することに賛成した。親孝行だという。中でも親とは同居したことがない人は「親と最後を一緒に過ごせるなんて、羨ましいわ」とまで言った。今思うに、既婚者に意見を聞かなければよかったと後悔している。親の介護経験のない人と同じで、親と同居経験がない人には、本当のつらさがわからないからだ。

では、独身の人はどう言ったかというと、「ひとり暮らしの松原さんなのに……」どうしたのと言わんばかりだった。

お坊さんは、ひとりの人は自分勝手で幼いと。「親と同居して親の生き方を見せてもらいなさい」と同居していることを喜んだ。お坊さんらしい答えだが、じゃ、あなたは親と同居し、親の面倒をみたの？　頭で考えることと実際は違うのよ、とわたしは心の中で反論した。でも、未熟者のわたしは、お坊さんから言われた言葉に左右されていた。

そして最後に相談したのが占い師だ。街の占い師ではなく、中国人のすごい人を、わたしが悩んでいる姿を見かねた編集者が紹介してくれたのだ。すると、その占い師ははっきりとこう言った。親との同居は最悪です。

そして、最後に相談した最も身近な女友達は、まずは2階を住みやすいように手を加えて、それで時間をかけて考えたらどうかとアドバイスしてくれた。そして、わたしはそうすることにした。

しかし、2階をリフォームしているときは、それなりの高揚感があったが、時間とともに、こんなにリフォームにお金をかけたら、引っ越せないかもしれないという不安がでてきた。

正直、親とはいえ、生活は別々だとはいえ、同じ屋根の下での暮らしだ。相手の音が聞こえる。相手の気配を感じる。相手の……相手の……結婚生活さえ息苦しくなったわたしが、本当は人と住めるわけがないのに、理由をつけて自分の本心をごまかしてリフォームまでしたのだ。

大切だから距離をとる

自分をごまかすとは、本当にわたしらしくないやり方だ。わたしはわけがわからなくなっていたが、人には心を見せまいと決めていた。子どもではないので、同情されたくないし、わたしが他人の引っ越しに関心がないように、わたしの引っ越しも他人には関係ないことだからだ。

しかも、同居してわかったのは、わたしが知っている母と、身近で見る母は違っていたことだ。きっと、あちらもそう思っているに違いない。

とくに母と娘は相手に厳しい。それに、専業主婦で夫の庇護の元になんの不自由もなく暮らしてきた人と、働いて自分を食べさせてきた人では、根本的に価値観が違う。ちょっとした会話でムカッとくることが多くなった。

これは、相手の問題ではなく、二人の距離が近づいたことで起きた現象なのだ。人というのは、ちょっと離れた距離で付き合うときが一番心地よく、近すぎると鼻につくものではないだろうか。付き合っているときはうまくいっていたが、結婚して一緒に住むようになったらぎくしゃくしてくるのは、距離が縮まったからだ。だから、大切な人とは一緒に暮らさない方がいい。大切な人とは友達でいるのが一番いいとわたしは思っている。できたらいつも会える友達ではなく、なかなか会えないとさらにいい。

親子の関係が一番良好なのは、親の傘下にいる子どものときだろう。親が親分で子どもが家来の関係ならうまくいく。いい関係というのは、同じ力関係ではなく、力のあるもの、ないものの関係で成り立つように思う。

娘が母親の介護ができるのは、母親が弱っているからだ。自分が主人だからだろう。断っておくが、娘が親の介護をするのを肯定しているのではないので、そこのところよろしく。

わたしのところのように、元気で城の主として実権を握っている母と、自立している娘がそもそも一緒にうまく住めるわけがないのだ。よく言われているように、船に二人の船頭はいらない。

母は城主なので感じていないと思うが、わたしは、母の支配下にあるように感じていた。母にはそんな気はないかもしれないが。同居してわかったことは、親子の関係の難しさだ。だから、一緒に住んではいけないのだ。別々に住んで、助けを求められたときは協力する。そんな関係がいいように思う。

親との同居の体験から、家に引きこもる人の気持ちがちょっとだけわかる気がした。世の中の殺人事件、暴力事件をみているとわかるが、最も多いのが親子間でだ。距離が近づきすぎたゆえの結果なのだ。離れればいいのだ。

ヨーロッパがいいとは言わないが、親子は18歳で離れる。そこからは別々の人生を行く。よく、家族で集まってパーティーをする光景を見るが、普段会ってないからこそ楽しめるのではないだろうか。日本はどこか変だ。この国って古いというか、どうかしていると時々思う。世間体で生きているの? 本音でない人たちが多すぎる。

かつて、これほど親子関係について考えさせられたことがあっただろうか。これは、避難してこなかったらわからなかったことだ。

わたしが突然、実家に避難してきたことで母も大変だったに違いないが、お互いに我慢してたのは確かだろう。人と住むのは我慢ありき。それを人生勉強というのかもしれないが、我慢は人格を変える。そう、そんな葛藤をしているうちに、わたしは70代に突入した。引っ越してから2、3年のつもりでいたが、5年がたっていた。

すばらしいことに、母は90代なのに、怖いぐらい元気で自己管理も完璧でしっかりしている。そんな母の状況を見ながら、わたしは「出て行くなら今だ」と判断し、60歳以上でも貸してもらえる公団への引っ越しを決めたのである。

振り返ってみると、わたしの人生はまったく落ち着きのない引っ越しの連続といえる。自分の気持ちに正直に、居心地のいい住まいを探しているうちに、双六でいう、ふりだしに戻ったことになる。

第4章

女がフリーで生きるのは大変だ

フリーのどこが悪いの

安易に流行に乗ることの愚かさ

デビュー作から2年目の1988年に上梓した『クロワッサン症候群』は、1980年ごろ、「クロワッサン」という女性誌がシングルで生きる女性たちに持った影響力と、それに影響を受けてシングルの道を進んだ女性たちのことを書いた。

「結婚より、シングルキャリアウーマンの方がかっこいい」当時の雑誌の力は絶大だった。結婚が幸せとは限らないことを感じていた女性にとり、背中を押される雑誌だった。

今でも「クロワッサン」は発売されているが、あのときのような女性の生き方を左右するような影響力はなく、一般の雑誌の中に埋もれている。

女性の自立が注目される時代だったので、本来は家庭人の方が合っている女性までヒールを履いてオフィスを闊歩するのをよしとするところがあった。自分で自分の生き方を歩んでいるというよりは、クロワッサンを先頭とするマスコミがはやし立てる生き方に流されていると感じたので、マスコミに乗せられて2階に上がるのはいいが、はしごを外されたら降りられない、マスコミに流されてはだめだと言いたくて書いた。これは、ふわふわと生きてきた自分への戒めでもあった。

タイトルが衝撃的だったのか、いや本音を言うと、死ぬほど考えて出てきたタイトルだったので、思いついたときは「売れる」と確信した。「クロワッサンってパンの話ですか」と聞いてきたのは、おじさんだけだ。

その証拠に、発売前からマスコミの取材を受けた。

当時「クロワッサン」の御用達であり、女性たちの憧れの存在だった桐島洋子さんや向田邦子さんのことを臆せずに書けたのは、わたしが無名だったからだ。無名というのは強い。築いてきたものがなく、困る家族もいないので、何でも本音で言える。ただ、無名であっても出版社から著者として出ているからには、それなりの責任があるのも事実だ。

『クロワッサン症候群』が予想どおり評判になったのはうれしかったが、反面、有名人本人からの抗議に怯えていた。お読みになった方はわかるだろうが、書かれた有名人にとり、むかつく内容だ。しかし、実際には抗議されることもなく、逆に、成功した人は度量が違うと感じさせられた。

それよりもびっくりしたのは、『クロワッサン症候群』が出てまもなく、ウーマンリブの団体から『アンチ・「クロワッサン症候群」』というタイトルの、反論する本が出たことだ。えっ、わたし、そんなにリブの方たちを怒らせることを書いたかしら。

申し訳ないが、手に取る気になれなかった。なぜなら、読んで気分が悪くなったら、目の前に来ている仕事に集中できなくなるからだ。それにわたしは、主義主張を大声で叫ぶ人たちが苦手だ。

男女平等は賛成だし、男女差のない社会を作るべきだと思うが、女性と男性は異なる種類の人間なので、女性らしさまで否定して、ノーメイク、パンツルックになることはないと思うからだ。とにかく、自分たちが正義だと信じて疑わない人は、好きでない。

あるとき、問題の本を店頭で見つけたが、買うこともページを開くこともなかった。今にして思うと、参考図書として、買っておけばよかったとちょっぴり後悔している。

あなたって、フリーよね

そんなある日、別の女性誌の仕事で「対談」の話がきた。撮影もあるということだったので、何を着たら雑誌写りがいいのか、頭の中は鳴門のうず潮状態。クローゼットの中を引っかき回すが決まらない。

しかも、対談の相手は、女性なら誰もが知る論客の大学の先生だ。テレビや雑誌で見る有名人と同じ席につくのは初めての経験だったので、普段は物怖じしないわたしも、どきどきしながら会場の京王プラザホテルに向かった。

昨今の雑誌の対談は、会社の会議室を使うのが一般的だが、当時はバブルだったこともあり、出版社も景気がよかったようで、ホテルの宴会場を借り切ってすることが多かった。今、こうして振り返ってみて、信じられないお金のかけようだ。

わたしのような無名の人が大手出版社から本を出せたのは、そんないい時代だったからだ。つまり、出版社に余裕があったからだ。今だったら、わたしがデビューするのは絶対に無理だ。

運の悪いことに、会場に向かうエレベーターの中で、対談相手と出くわした。本当は、会場に着いてから、きちんと挨拶したかったが、会ってしまったのだからしかたがない。

「本日は、よろしくお願いいたします」

と、わたしから声をかける。すると、顔も知られていないわたしだが、対談相手だとわかったのだろう。彼女はちらっと見ると、こう言った。

「ああ、あなたって、フリーよね」

あまりに突然で、しかも、フリーを馬鹿にするような言い方に驚き、どう返したか覚えていない。ただ、そのときに、この方もやっぱり権威好きなのだと直感した。

今だったら、「フリーのどこか問題あるんですか」と聞き返すところだが、そのときは、言葉がまったく見つからず、黙って、彼女の背中を見ていた。わたしは心の中で「この人、大嫌い」と言っていた。

世の中には、社会的地位の高い肩書きをほしがる人が多いと周りを見ていて思う。とくに大学教授の肩書きがお好きだ。大学教授の中にはもちろんすばらしい研究をしている方もいるが、マスコミで出てくるような人は、名前を売ってさらに高みを目指そうとする権威好きの人が多い。

とくにテレビに出ているコメンテーターは、信用できない。そんな時間があったら、専門を極めてよと言いたい。顔と名前を売って議員になり、権力と権威を手に入れ、誰とは言わないが、顔つきまで権力者になってしまう人があまりに多いのには、呆れてしまう。

そういえば、『クロワッサン症候群』を書いたときに、テレビや雑誌に頻繁に出ているおしゃれでかっこいい女医さんがいた。

その方をお見かけするたびに、市井のわたしは単純にこんな疑問を持った。

「あんなにテレビに出ていて、あの方はいつ医者としての本業をしているのかしら」

子ども相談室ではないのだから、心の中にとどめておけばいいのに、『クロワッサン症候群』の中に、たった1行そう書いた。

それから10年ほどたったある大手企業の懇親会で、わたしに向かってにこにこしながら近づいてくる方がいた。

「あら、松原さん、わたし、ずっとあなたにお会いしたいと思っていたのよ」

馬鹿なわたしは、真に受けてファンだと思い笑顔を返すと、彼女はこう言ったのだ。

「松原さん、覚えてますか、わたしです。わたし、あなたに大変傷つけられました。そのことを直接言いたいと思い、お会いできる日を待っていたのよ」

背中を刃でふいに斬られた気持ちになった。しかし、彼女を非難はできない。確かに、わたしは彼女の承諾なく書いたのだから。

末席にいる物書きのわたしだが、それでも、一般の方から、中傷されることは多々ある。

「松原さんって、あのクロワッサン症候群の人よね。まだ、生きてたの」

だから、わたしはインターネット上のコメントは読まないことにしているし、自分から発信しないことにしている。

名前が出るというのは、それだけ叩かれることでもあるのだ。ふと、松田聖子さんは大変だと思った。ほんと、心が強くないと、今の世の中では生きていけない。

そういえば、友人だった故・草柳文恵さんが、「わたしはストーカーをひとり飼っている。NHKのニュースキャスターのあの方なんかは、3人も飼っているのよ」と話してくれたことがあった。有名人は皆、大変な苦労をしているのだとその話を聞いたときに感じた。

知らない間に人を傷つけていたわたしが、「フリーよね」と人から言われた一言に傷つき、30年たった今でも覚えているのだから、言葉には注意しなくてはいけない。

あの日、エレベーターの中での一言でショックを受けたまま会場に入ったので、本番の対談がどんなものだったか、まったく記憶がない。

でも、もし、あのときに、フリーのわたしが「わたし、ハーバード卒のフリーです」と言ったら、彼女はどう反応したのかしら。

わたしは社畜にも家畜にもならない

ひとりでもいい、貧乏でもいい

出版業界で仕事をさせていただき、今日のわたしは生活できているので、感謝こそあれ、取引先の悪口は言えない立場だが、デビューして間もないころ、原稿を持って出版社に行くと、編集者の男性からよく、こう言われたものだ。
「松原さん、女がフリーで仕事していくのは大変だよね。あなたって会社に勤めたことないんだよね。会社っていいところだよ」

創業者でもなく、運良く就職できただけの会社なのに、言葉は悪いが社畜なのに、牧場でひとりで駆け回って餌を探して生きているわたしに同情するのが、わからない。

「女性は自由でいいね。僕なんか家族に縛られ、会社に縛られているものね」

ぐらいのことが言えないのかと思う。

会社の看板を背負って生きている人は、看板を外したら誰も見むきもしないというのに。いくら名のある会社に勤めていても、人を思いやる気持ちがなければ、人間失格だ。おもしろいことひとつ言えず、ただまじめそうなだけで、名刺の肩書きを生きている人は日本では多い。

「はあ、東大ですか」

「はあ、三菱銀行ですか」

わたしから言わせてもらうと、それがどうしたである。人格が伴ってこそ肩書きは生きるのよ。定年退職してからも、自分のパソコンで名刺を作って渡しまくっている男性のみじめなことったらない。

断っておくが、大手会社員や東大卒を馬鹿にしているのではない。他者をさげすむ、その傲慢な心が、わたしは嫌いなのだ。

ああ、日本の男性は大きな勘違い人間ばかり。仕事が本当にできる人は、定年まで会社にいて花束なんかもらわない。その前にさっさと退職している。

わたしが会社に就職する発想を持ったことがなかったのは、安定した生き方に魅力を感じないからだ。組織のパーツのひとつとして生きるのが、いやだったからだ。

組織に属すれば、自分の意に反することもしなければならないだろう。謝ることがない場面でも謝らなくてはならない。社長の前で土下座した会社員の友人は、辞めたら生活が困るからと言っていた。生活のためだから、仕方がないのだろう。

人はそれぞれなので、組織が合っている人もいる。わたしはそれを否定していない。ただそれぞれだけの話だ。

だから、社畜にも家畜にもなれないわたしは、貧乏でもいいことにしている。

女が無所属で生きるのは大変だ

ヨーロッパやアメリカなど視察をしてきて思うことは、日本の男性は、近代社会になって100年以上たつのに、男尊女卑の考え方から抜け出せないことだ。

伊藤詩織さんの事件ではないが、女性が無所属（組織に所属しない）で仕事をしていくとき、男という壁が存在する。その壁をうまく利用する女性もいるが、今の時代はそんな小手先で渡っていけるほど、社会は甘くない。

フリーで仕事をするというのは、全部自分で計画し責任とって生きていくことだからだ。誰も代弁してくれない。性別で人を見る男をうまくかわして仕事をしなければならない。

男性にはわからないと思うが、女性は、男性には考えられないほどの危険をかいくぐって仕事をしている。

わたしが今70代になり、一番ほっとしているのは、女性として見られないことだ。高齢者として扱われるのは、とても楽だからだ。

若い女性は、日本の男尊女卑の男性と仕事をしていくので、仕事以外のことで気を使わなくてはならず大変だと思う。表には出ないが、会社内でセクハラは横行してる。若い女性は、団結して立ち上がるべきだと思う。

わたしが昔から職人が好きなのは、肩書きをかざすことなく、謙虚に自分の仕事を続けているからだ。素敵ですよね。えばることもなく真摯に仕事に向かっている姿は美しい。テレビ東京の外国人を日本に招待する番組を観ていると、日本の職人に憧れている外国人が職人に尊敬の念を抱いているのがわかり、感動する。

鍛冶職人、漆喰職人、トマト栽培、酒造り……どの方たちも謙虚で、良き日本人そのままの姿だ。

本来、人は自分の手で仕事ができるのが基本だと、職人さんを見ているとつくづく思う。

自分が守られた立場にあると、自分を軸に人を見るようになるのか、わたしは自分で魚を獲って生きているのに、勝手に同情されることが多く、困惑する。わたしはただ、夢中になって書いているだけなのに、フリーって大変よねと言われる。これは、人を下において自分は幸せだと思いたいからなのか。何とも情けないことだと思う。

大きな組織や社会的地位の高い仕事についている人の多くが、看板もなくひとりで働いている人を見下しているところがある。これじゃ、社会がよくなるわけがない。

そういえば、わたしの人生の師が言っていた。

「学歴は、他者を軽蔑するためのものだ」

と。当時30代だったわたしには、その言葉の意味がよくわからなかったが、今、その意味をよく理解することができる。ひとりで仕事をするようになり、学歴や肩書きの立派な人とお仕事をさせていただくたびに、師の言葉がよみがえり納得する。

東大を目指す人を悪く言う気はないが、東大で学問を身につけたいから目指すのではなく、「東大のわたし」になりたくて目指している人が多いように感じられる。

日本人はブランドが好きだ。洋服もタオルもブランドを好む。なぜ、ブランドが好きかというと、自分で選ぶ目を持てないからではないだろうか。生き方も同じだと思う。組織で働くことが正ではない。年収で幸せは測れない。多様な生き方があって、社会は成り立っている。

「あら、そのバッグ、プラダ？」と聞かれ喜んでいる人はただ商品を褒められているだけなのに、自分が高級になった気がしているのだから、救いがたい。

もちろんプラダをこよなく愛する人もいるが、申し訳ないけど、プラダに似合う生き方をしてるのかしら、と皮肉のひとつも言いたくなる。

わたしのように自由が好きな人もいる一方、束縛されるのが好きな人もいる。みんな、自分がいいと思う生き方をすればいいので、国民年金のわたしがとやかくいうことではないのは、わかっている。

実はわたしも若いころ、会社員をやった経験がある。離婚して生活に困っていたので、収入を得ないとならなかったからだ。しかし、人が作った枠のなかで過ごす学校が嫌いなわたしが、会社になじめるわけもなかった。

秘書という名の、社員のお弁当の手配係。社長にへこへこする部長。みんな上の人の顔色をうかがって、犬のようにしっぽを振っていた。そうですよね。男性は一家の大黒柱。家族の生活がかかっている。自分ひとりの感情でやめたりできるはずもない。会社の男性はみんないい人だった。

どんな働き方をしていても、働くという点で同じだ。大学教授であろうが清掃員であろうが、コンビニで働いていようが、そこに優劣はない。

実は、わたしは人からどう見られてもいいと思っている人だ。

これは生まれつきなのかもしれない。なぜなら、経験からそのように生きようと思ったこともなければ、誰か偉い人に教わったわけでもないからだ。よく、人から「松原さんって、飾らないわね」と言われるが、飾るとか飾らないとか、考えたこともないので、戸惑う。

わたしは、そのままのわたしでしかない。

だから、話し方も書き方もそのまま。「文章が軽い」と編集者から指摘されたことがあるが、軽いのがわたし。勉強して重い文章を書く気もないし、有名な作家になる気もない。物書きで食べていることが信じられないが、ただ、日記のように生き方を探しながら書いているだけだ。

わたしはわたし、これ以上でもなければ、これ以下でもない。

第5章

わたしの生き方の原点はイサドラ・ダンカン

「イサドラ・ダンカン」の映画を観る

人生の師との再会

２０２０年10月末、映画好きの友人から「イサドラ・ダンカンの映画がやっているようだ」という情報が入った。「えっ？　イサドラの映画が上映されている？」もしかして、コロナ禍の今だからこそ、生き方を見直すためにイサドラの生き方が注目されているのだろうか。わたしの心はザワついた。

なぜなら、40代のころのわたしは、周りの人から「また、イサドラの話？」と呆れられるほど、イサドラに魅了されていた時期があったからだ。久しぶりに耳にした「イサドラ」の響きに、夢中だった昔の自分が思い起こされる。

ここにきて、わたしが敬愛するイサドラが注目されるのは望むところだが、今ごろ映画にする人がいるとは驚きだ。誰がどんな内容で……。

先の見えない今の時代だからこそ、彼女の存在を知らしめたい熱い心を持った人がいるのかもしれない。なんだか、ざわざわするものがあった。

人生の師となる人に出会えるのはまれだが、わたしにとりイサドラ・ダンカンは、人生の師であるだけでなく、わたしの生き方の目標そのものだった。尊敬してやまなかったイサドラだったのに、すっかり忘れていたわたしはどうかしている。

頭の中でフィルムが急速に巻き戻る音がする。しばし、呆然としていると友人は言った。

「イサドラといえば、あなたじゃないの？　ダンスの公演を観たあとなんか、歩道で踊っていたじゃないの。イサドラになりきってさ」

友人は笑いながら言った。

「絶対に観に行くでしょ。わたし、チケット予約しておくわよ」

もちろん、わたしは「うん」とうなずいた。

調べによると上映館は渋谷のイメージフォーラム1館のみ。しかも夜8時45分からの1回だけで、明後日で終了だ。これは、イサドラが呼んだとしか思えない。ギリギリセーフで間に合いそうだ。

映画のタイトルは「イサドラの子どもたち」フランスの若手監督の作品で国際映画祭で優秀監督賞を受賞しているらしい。

イサドラ・ダンカンとはモダンダンスの始祖として、20世紀のはじめに舞踏の世界に革命をもたらした人だ。当時の踊りというと、コルセットにトーシューズの古典バレエ。

自然な動きこそ美しい。裸足で踊ったイサドラはダンサーとしてだけではなく、革命家でもあった。保守的で慣習にとらわれて生きていた女性たちに、自由に生きることを行動と言動で示した勇敢な女性だったが、見た目はソフトでナチュラルで女神のように美しい人だ。セーヌ川で二人の子どもを事故で亡くすという悲劇に見舞われながらも、踊りをとおして子どもたちの教育にすべてを捧げた。

様変わりした渋谷

きらびやかな渋谷スクランブルビルの下を、おしゃれだが人形のように無機質な若い子たちが歩いている。すっかり変わってしまった渋谷に違和感を抱きながら歩く。あんなにイサドラを敬愛していたのに、今では、ちらっとでも思い出すこともない。わたしが、自分の仕事や活動にかまけているうちに、イサドラはあいそをつかせて姿を消したのだ。こんな現実しか見ていない人にかまっていられない、とイサドラは去っていったようだ。

40代のころのわたしは、仕事に追われながらもイサドラへの熱い思いを持ち続けていた。その証拠に、1995年12月に原稿用紙400枚の大作『わたしを探す旅――イサドラを探して』を文藝春秋から出させてもらっている。トランク一個に熱い気持ちを詰め込み、ひとりで、イサドラが生きた足跡を追う旅をしたのだ。それは、イサドラの魂に触れたい一心からだ。

イサドラがダンサーとして活躍したパリはもちろんのこと、スイスの片田舎アスコーナという小さな村。20世紀初頭に世界の芸術家が密かに集まっていた場所だ。もちろん、イサドラが神殿を建てようとしたアテネ郊外のコパナスの丘の上にある未完の家にも行った。イサドラが学校を開いたロシアにも行った。そこで、今でも教育を受け継いで踊る子どもたちにも出会った。心も体もイサドラ一色の旅、文字通り「わたしを探す旅」だった。イサドラを知る人には、かたっぱしから会った。情熱がわたしを動かしたのだ。

NHKスペシャルか情熱大陸からお声がかかってもおかしくない傑作といえる内容の濃い本を書いたつもりだったが、思い入れが強すぎたのか反応もなく売れなかった。

今思うと、時代がバブルのときだったこともあり、出版社も売れないとわかっていながらも、出させてくれたに違いない。あのころは、出版社に体力があったいい時代だった。なんといっても無名のわたしに本を書かせてくれたのだから。今だったら不可能なのは火をみるより明らかだ。

50歳ぐらいまでは、イサドラの魂はわたしの中にしっかりと存在していた。

しかし、その後はといえば、わたしの関心はシングル女性の老後という現実に向き、また、1998年にひとり女性の団体を作ったことから、そちらに気持ちが引っ張られるようになり、イサドラはわたしの中から完全に姿を消した。

50代に入ってからのわたしは、「老い」「ひとり」をテーマにした作品ばかりを好んで書いた。イサドラの真似をしたふわっとした布をまとうような服装も、ブラームスのワルツに身を任せて踊ることもしなくなった。もちろんワーグナーの「トリスタンとイゾルデ」を聴くこともなくなった。

50歳を過ぎてからのわたしは、美や芸術の世界から離れ、自分の将来、つまり自分の老後にしか関心のない自己中な現実的な人間になりさがっていたのだ。

イサドラが去ってからのわたしは、恥ずかしながら、自分を楽しませることばかりしてきた。

真っ赤なエビのようなドレスで舞台に立ったり、密かに、老後のお金を貯めたり、自分にご褒美と言って高い洋服を買ったり。ああ、なんて馬鹿なわたしだったのか。そんな自分が情けない。

期待はずれの映画

73歳になったシニアのわたしが夜の劇場に向かう。いつもは家でごろんとしている時間だ。この時間に宮益坂を歩いているシニアは見あたらない。わたしは自分のことをシニアと言っているものの、実はシニアの自覚はほとんどないが、夜の渋谷では浮いた存在だと客観的に自分を見ることができるのは、やはりシニアである証拠だろう。

「みんな、若くておしゃれね」

ローソンで100円コーヒーを買って劇場の前で二人は立ち飲みする。わたしたちはアート友達。おっちょこちょいの夢好きなので気が合う。

胸を躍らせながら席にすわる。観客席をそっと見回すと、ひとりで来ている若い男性ばかりだったのには違和感を持った。舞踊家イサドラ・ダンカンの映画なのになぜ？　あとでわかったのは、その日は最終日で、制作者が出るトークショーが予定されていたからだ。つまり、この日の観客は芸術雑誌の関係者と制作者の方のファンだったようだ。

映画「イサドラの子どもたち」は、想像とは違いとてもフランス的で、悪く言えばおもしろくない作品だったのにはがっかりした。イサドラのドキュメンタリーを期待していたが、そうではなく、「母」という踊りの振り付けのアート映画。音楽もなく台詞もさしたるストーリーもない、難解とも自分よがりともとれる作品だった。

「イサドラを取り上げるならそこじゃないでしょ。彼女の生き方でしょうに」

途中で退席したかったが、イサドラに敬意を表して、最後まで観てから席を立った。外に出ると空気がさわやかに感じた。

そして、久しぶりに、わたしの中にイサドラが戻ってきたのを感じた。

イサドラを知るきっかけ

美咲先生に感化されて

わたしがイサドラのことを知ったのは、30代の後半か40代のはじめに、憧れの女性編集者に誘われて、ダンスのレッスンに通ったことがきっかけだ。当時、大人のバレエ教室は珍しく、子どものころにバレエを習っていたわたしにとり、胸躍る誘いだった。

杉並区の閑静な住宅地にある先生のお宅の中にお稽古場があった。先生の名は美咲安里。あのとき先生は50歳ぐらいで、バレエの先生とは思えぬふくよかな体型だったのでちょっとがっかりしたのを憶えている。

教え方は熱心でいいのだが、うんざりしたのは、毎回お稽古の終盤になると、熱くイサドラ・ダンカンことを語りだすことだった。しかも、涙するときもある。小娘ではないのに、こんなに感情移入できる50代の先生が不思議にみえた。

「また、ダンカン？」

「ダンカンの館を再建する？」

「もしかして妄想病？」

最初のうちは聞き流していたが、そのうちに、先生がこんなに情熱を持って語るイサドラ・ダンカンという人はどんな人なのか、興味を持った。わたしの好奇心旺盛な性格は、今も昔も変わらないようだ。

そのことを先生に話すと、イサドラを知るには自伝『わが生涯』を読むのがいいと勧められ、三省堂書店に走る。普通なら手にしない分厚い面倒くさそうな本だ。しかも活字が小さい。ちょっと無理かも……。

しかし、ぱらっとめくり、読み始めると、3行目にはすでに引き込まれていた。もう止まらない。ご飯を食べるのもトイレに行くのも忘れ、暗くなったベッドの上でイサドラに包まれているような感覚になった。おこがましいが、心が共鳴しあった。

こんなに共感、いえそんな言葉では言い尽くせない感覚がわたしを襲った。なんて素敵な女性なんだろう。わかる。わかる。読み終わらないうちからわたしは号泣していた。何なのだろう。この感覚は。感動という言葉では表せない深い魂の揺さぶりだった。

美咲先生の純粋な心

美咲先生とイサドラの出会いについて話そう。それはすべてが偶然だったようだ。あるとき、お稽古場のドアをたたく音がするので、開けると、そこにギリシャ人の女性が立っていた。彼女は旅の途中で東京の知人を訪れていた。ダンスに関心のあったそのギリシャ人の女性は、日本のダンス教室を見たいと思い、友人に連れられてドアをたたいたのだ。

上がってもらい雑談をしている中で、そのギリシャの女性がイサドラの話をした。そしてイサドラの家の近くに住んでいると住所をくれた。彼女が帰ったあと、美咲先生はイサドラの自伝を読んでみた。イサドラこそ自分が探し求めていた生き方だと直感した先生は、英語がまったく話せないのにもかかわらず、また海外旅行の経験もないのに、情熱と感動だけをかかえてギリシャに出かける。今でこそ、誰もが海外に簡単にいけるようになったが、40年ほど前の当時は、パリ、ロンドンならともかく、ギリシャは未知の国であった。

若気の至りで許してほしいが、ダンスをやってきた太ったおばさんだと思っていた美咲先生は、実は純粋な子どもの心を持ち続け生き方を探し続けている素敵な方だったのだ。

美咲先生は、自由学園の出身だ。これでだいたいどんな人かわかる人もいるだろう。自由学園は、羽仁もと子さんが作った、自由な心と理想に向かって生きる教育を行う学校としても有名だ。

受験一辺倒の公立学校に進んだわたしとは違い、美咲先生がダンスを仕事としてきたのはうなずける。わたしも子どものころに、こんな自由な学校があるのを知っていたら絶対に行っていたと悔やまれるが、親も周りも勤め人ばかりの環境に育ったせいか、芸術方面に進む発想がなかった。環境のせいにはしたくないが、わたしの周りはステレオタイプの人ばかりだ。だから、いつもつまらないという思いを持って暮らしていたのかもしれない。

イサドラは目指すべき生き方を示してくれた

美咲先生の話に戻そう。自由学園の教育を受けた先生は、理想に燃えている子どもだった。いつも背筋をピンと張り、顔を前にあげて歩いていたので、近所に住んでいた画家から絵のモデルを頼まれる。

そのときに画家から言われたのが「君の足はイサドラ・ダンカンみたいだね」イサドラの足はちょっと太めだったのだ。

美咲先生がわたしに語ったのは、自分は子どものころから羽仁先生に教わったように、理想を持って生きてきた。しかし、時代も時代だったせいで結婚することになり、結婚生活で理想をもって生きる気持ちを打ち崩される。
母親にもなったが、幸福だと思えない自分がいた。理想は燃えかけた花火のようにくすぶりはじめた。こんな生活でいいのか。わたしが求めているものとは違う。結婚してからは悶々とする生活を続けていた、と先生はよく言っていた。子どものころ、未来に向かってスキップしていた自分はどこに行ってしまったのか……。

そんな悶々とした日々を送っているときに、突然現れたのが旅の途中のギリシャ人女性だったのだ。

わたしも、編集者の女性に誘われなかったら杉並の住宅地の中でダンス教室をやっている美咲先生に出会うこともなかったし、イサドラに出会うこともなかったのだから、不思議な縁を感じる。

イサドラに惹かれるというのは、先生とわたしは、同じ種類の人間に違いない。いくら、いい出会いがあっても、こちら側に共鳴板が存在してなければ、響き合わない。わたしには残念ながら「夫」という赤い糸は存在しなかったが、

「イサドラ」という赤い糸は存在したようだ。

イサドラ・ダンカン著の『わが生涯』は、こんな経緯で読むことになった。

そして、そのときからわたしの一番大事な本、わたしの生き方の指針となった。

もし、無人島に一冊だけ持って行くことができるとしたら、迷わず『わが生涯』をバッグに入れる。

普通の家に育ったわたしだが、子どものころからバレエとバイオリンを習っていたのは、自由で美しい世界への憧れからだったのかもしれない。親に勧められたわけではなく、もともと存在する芸術の心を保有していたからかもしれない。

バレリーナもバイオリンニストも練習がきつく早々と諦めたのいいが、だからといって、皆と同じように現実的で平凡な人生を望んではいなかった。ああ、わたしという人は、まったく面倒な人だ。

美咲先生と、似ているのかな。太ったおばさんなんて思ってごめんなさい。

いくつになっても理想を追い求める人は素敵だ。

美咲先生にとっても、わたしにとっても、イサドラは、ついに出会った憧れではなく、自分が目指すべき生き方を示してくれる偉大な人。

自伝を読み終えたあとの涙は、ついに見つけた喜びの涙。ああ、わたしが長い間探していた生き方モデルは、与謝野晶子でも、向田邦子でも桐島洋子でも、瀬戸内寂聴でもない。イサドラ・ダンカンだったのだ。

かの世界的芸術家のロダンはイサドラのことをこう言っている。

「わたしがこれまでに出会った中で、最も偉大な女性だ」

と。わたしが解説するまでもなく、さすがにロダンはわかっていると思う。

1900年当時のパリに集まった芸術家たちで、イサドラに触発されなかった人はいなかったほど、当時のイサドラは人々を魅了していた。

イサドラは裸足のダンサーとして知られているが、それは正しい表現ではない。これまでの踊りの常識を覆し、裸足にギリシャ神話の女神のような布を一枚まとっただけの衣装で踊ったのは、自然こそ美しい、慣習や社会にとらわれることなく生きる美しさを表したのである。彼女は、勇気ある女性だ。今よりもずっとずっと保守的な社会にあり、正しいことは正しいとはっきりと公言できた。権力やお金や男に媚びない。当然、非難は想像を絶するほどすごく、食べられないときもあった。

しかし、彼女は屈しなかった。困っている人には自分も困っているのにパンを半分あたえた。彼女が最も心を注いだのが子どもの教育だった。自由と理想を持つ心、自然と調和して生きる幸せな人間になってほしい……。

イサドラはダンサーだが、実は、子どもたちに踊り方を教えたことがない。彼女の教え方はこうだ。


私は子供に「こう動きなさい、ああ動きなさい」とは決して申しません。自然のままを要求します。私は子供に話します。

「こうして胸のところに両手をあててご覧なさい。それから両手を高く、ずっと高く星に向けて、天空へあげてみて。両の腕で全世界を抱きしめましょう。宇宙に向かって伸びあがりましょう。あなた方は小さな子ではあるけど、大地に立ってます。そこが宇宙におけるあなたの位置ですよ」

「世界を見てご覧なさい。全宇宙はあなたといっしょに、人類といっしょに踊っているのですよ。他の動物と異なって人間は、大地に足をつけながら、顔はあげているのです」（『続わが生涯　イサドラ・ダンカン』より）

魂を腐らせてはいけない

イサドラは、子どもたちの教育のことを憂い考えていた。イサドラが生きていた時代は、今からほぼ100年前だというのに、わたしたちの今の日本の教育状況と変わっていないのに驚きを隠せない。ヨーロッパがその後、子どもの教育方針を自由と個性を引き出すやり方に変えているのは、イサドラの影響が大きいといえる。

ヨーロッパ人は反省、前進の人たちだが、日本人は自分で考えず、上に従う人たちなので、大きく差をつけられている。

日本の教育の悪口を言う気はないが、おとなしい羊のようなわたしたち日本人は、権力者のいいなりだ。この国は、誰が首相になっても変わらない。どんなに嘘をつかれても、公文書を破棄されても、マイナンバーで管理されても、言われるがまま、それが今の日本人だ。反省もなければ前進もない。意見もないし抗議もしない。世界の幸せ度ランキングで最下位になりさがるのは時間の問題だろう。政治家も国民もお金ばかり握りしめていて、魂の存在を忘れている。そういう人になってはだめだと、イサドラは舞踊を通じて人々に訴えたのだ。

ココ・シャネルは女性の服装改革をしたファッション界の革命児だ。コルセットを外させた。男性の服だったパンツも取り入れて男女差を取り払った。

イサドラは踊りを通して、子どもたちに自分が自然の一部であること、自然とともに生きる喜びを教えた。つまり、美しい心を持った幸せな人間を育てようとしたのだ。

イサドラは学校教育に対してこう言っている。

「わたしは人生でやろうとしていることは何であろうと、非常に幼い時からはじめられるべきだと確信している。世間の子どもをもつ親の果たして幾人がいわゆる教育なるものによって我が子を凡人へ堕(だ)させしめ、美しいこと、独創的な事柄の完成の道に障壁を作りつつあることに気づいているであろうかと、私はいぶかる。だが、私はそれでもよいと思っている。さもなければ、組織化され、文明化された生活にとって必要な無数の商店や銀行員を、こんな無知な親を除いて他に誰が提供してくれるであろうか」(『わが生涯 イサドラ・ダンカン』より)

芸術は人間に不可欠なもの

なぜ学校に行かないといけないのか

子ども時代、わたしはなんで学校に小中高12年間も行かなくてはいけないのか、ずっと疑問に思っていた。長いなぁと。なぜ、こんなつまらない授業を延々と受けさせられるのか。わたしたちは、役に立たない勉強を、なぜしないといけないのか。

イサドラほど強烈に感じ、行動できる器ではなかったので、疑問を感じながらも普通に暮らしていたが、いつも変だと思っていたし、心の底から勉強が好きだと思ったことは一度もなかった。

だから、大学はどこでもよかった。当時は、女の幸せは結婚の時代だったので、ほとんどの女性は、深く考えることもなく、クリスマスを待たずに結婚したが、自分はなんかつまらなく感じていた。当時、25歳を過ぎた女性は、売れ残ったクリスマスケーキといわれた。皆を同じにさせようとする世間とは、いい加減なものだろう。

わたしは、何をしたらいいのわからずさまよう時期が長かったので、心定まらず辛かった。あのときのことを思い出すと、よく、この年まで生きてこれたと、不思議な気持ちにさせられる。

人生を思い詰めるほど頭がよくなかったので自殺こそしなかったが、幽霊みたいに生きていたのは確かだ。どこにも収まることができない自分。かといって理想も見つからない自分。

もし、わたしがイサドラほどの崇高な魂を持っていたら、社会を変えようと声をあげたに違いないが、残念なことに、わたしはそれほど強烈なキャラではないのだ。

時のたつのは速いもので、イサドラの自伝『わが生涯』を初めて手にしたときから、およそ30年がたつ。感動の涙をしたとき40歳前後だったわたしは、知らない間に、シニアと呼ばれる年になった。

そのシニアのわたしは今、ボロボロで付箋がたくさんついている黄ばんだ本を本棚から引き出し、手にしている。

ずいぶん長い間、本棚に寝ていた大事な本だ。まるであのころのわたしに会うような、なんとも懐かしい気分がする。古本の独特の匂いが、長い年月を感じさせる。あのころ君は若かった。歌ではないが純粋に生き方を模索していた自分が懐かしい。

寂しい時代になってしまった

イサドラは「芸術や音楽は空気やパンと同じように、人間にとって必須なものです」と言っている。わたしもそう思う。日本人のどれだけの人が、この言葉を理解するだろうか。日本の社会を見ていると、日本では芸術文化の地位があまりにも低すぎる。

音楽を志す息子に「音楽で食っていけると思っているのか」と親は怒鳴るのが普通だ。音楽なんか、生活するのに何の役にもたたないと、思っているからだ。つまり、親は、お金を稼ぐ息子しか認めようとしないのだ。

こんな話を聞いた。結婚したい人がいると親に言ったところ、職業を聞かれた。

「その人何やっているの？」

「アーティスト」と答えると、

「貧乏人か」と親は言い放ったという。

一般的に、会社員でない芸術を仕事にしている人に対し、「好きでやっているんでしょ」と言う人は多い。「人を喜ばすすばらしい仕事」と言う人は、この国ではまれだ。

また、政府もゼネコンにはお金を出すが、芸術文化の団体には出す気がない。そんなものなくていいものだと、心の中で思っているのは、政府の面々の醜い顔をみていればわかる。まったく恥ずかしい今の日本のトップたちだ。

そういう我々も、お金第一の生き方に染まってきたといえる。この国ではお金持ちが偉いのだ。お金は必要だ。一般の方も、「大事なのは、健康とお金」と本気で思っている人は多い。

芸術はお絵かき、音楽は道楽。

空気もそうだが、目に見えないものこそ大事なのに、ほとんどの人は関心を持たない。心は目に見えない。思想も目に見えない。見えないものこそ、わたしたちが生きていく上で大事なものなのだと、どうしてわからないのだろうか。頭悪いわよね。

日本だって、昔は文化を大事にしてきたのに、戦後、モノ・カネに目がくらみ、その結果が今の社会だ。モノ・カネしか見えない人たちがのさばっている社会こそが、わたしに言わせれば貧困社会だ。

家や貯金があっても、今の日本人の心はカサカサだ。

その点、ヨーロッパは芸術家に対して手厚い。なぜなら、芸術家こそがわたしたちに、勇気や喜びをもたらしてくれるからだ。笑顔をもたらしてくれるからだ。今回のコロナ禍でドイツ政府のとった政策は、そのことを顕著に物語っている。

日本政府は、いやいや支援金をだしているが、それも本当に困っている人には届いていない。居酒屋の店主で助かった人もいるだろうが、どうしてシングルマザーや雇い止めで家も収入も失った底辺にいる人から助けないのか。わたしにはわからない。たぶん、政治家たちは、そういう人たちのことが目に入っていないのか、完全無視なのだろう。

ところがドイツは、支援金申請も書類提出もなしに、ロックダウンを発表した3日後には、まっさきに、芸術の仕事をしている人の口座にお金を振り込んできたという。実際に振り込まれていた日本人の方から聞いた話なので本当だ。そう、日本人にまでもだ。

ああ、わたしは、日本政府にイサドラの言葉を送りつけてやりたい気持ちだが、わからない人に送るのは切手の無駄になるのでやめる。

音楽で心癒されることないですか。舞台を観て涙することないですか。人間にとり生きていく上で必須なものを、わたしたちは気づくべきだと思う。今の日本人を一言でいうと「魂を大黒屋に売った人たち」。寂しい時代になったものだとつくづく思う。

イサドラには足元にも及ばないわたしだが、馬鹿と言われようが、貧乏になろうが、理想を持ち続けて生きていくつもりだ。前を向いて堂々と。忘れていたイサドラが、いいタイミングで復活したのがうれしい。

第6章

わたしが探し続けた「幸せ」とは

自分らしい老女になるために

後悔していること

60代のときには「老いるのは素敵。若いときなんかに戻りたくないわ」と豪語していたが、それはまだ体に老いを言うほどには感じてなかったせいだと、70代に入り、軽い自分を恥じている。自分の体で経験してないことを語るのは、ただの妄想でしかないのだ。

先日、7年前に変形性膝関節症と診断された左膝がまた痛み出し、靴の下敷きを作ってもらうため整形外科を受診したところ、頼んでもないのに骨密度を測られ、「この骨密度だと、背が低くなっているはずですよ」と体育会系の先生に言われショックを受けた。

154センチのわたしの背が1センチでも縮んだらお豆ではないか。普段は外観など関係ない、人間は中身だと本気で思っているので、講演会などでは堂々と話しているわたしなのに、自分にお豆を見たことで、気持ちがなえていくのを感じた。

確かに、後期高齢者の方を見ていると、会うたびに小さくなっている。若いときに170センチ近くあった人でさえ、普通に見える。背など高くても低くてもどうでもいいことだが、気になるわたしはやっぱり小者だ。小者こそ、わたしが一番嫌っている自分なのに。昨日まで元気はつらつだったのに、背が縮んだと言われただけで風船がしぼむように力が抜けてきた。ほんと、「老いなんか怖くない」「老いるのは素敵」などと、恥ずかしげもなく、よくもしゃあしゃあと言ってきたものだとあきれる。

高齢者の枠に入った人は感じているだろう。60歳を過ぎると、違う時計を持ったかのごとく、時間が過ぎるのが速いと。本当に速い、速すぎる。

一生懸命生きてきたといえばかっこいいが、もともと管理能力のないわたしは、鼻の先にニンジンをぶらさげて走る馬のように走ってきた。今になると、なぜもっと老後のことを考えて、計画的に生きてこなかったのか、悔やまれる。

自粛生活が気づかせてくれた大切なもの

そんな自分の老化と無計画さにため息をついているとき、予定外のことが起きた。それが新型コロナウイルス感染拡大による長い自粛生活だ。講演会はキャンセル、NPO法人SSSネットワークの活動も自粛。取材に行くこともできない。皆さんも同じだと思うが、こちらの意思ではなく、あちらの意思で強制的に走ることを止められた。

最初のころは、今までやりたくても忙しくて手をつけられなかったアートフラワーづくりに没頭したり、断捨離をしたり、遺言書を書いたりして楽しんでいたが、長引くにつれこれからの生き方を真剣に考える時間に変わった。

ひとり身のわたしにとり、これから先、どういう生き方をしたら納得できる日々が送れるのか。やり残したことはないのか。これまでの延長でいいわけがない。なぜなら、これからは、老いとともに生きていかなければならないからだ。その老いは一年ごとに加速する。

20年前から付き合いのある90歳の会員の方を見ていると、元気な方ではあるが、年相応の老人になっているのがわかる。また、わたしの前では明るく振る舞っているが、家ではペチャンコだと聞いた。80歳のときは社会問題に目を向けていた人も、85歳の今はもう社会には関心がないように見える。

ひとり身の人は、同じ老人であっても家族を作ってきた人とでは違う。母を見ていてそう思う。ひとり身の人にもいろいろいるので、ひとくくりにはできないが、わたしの場合は、仕事をし続けることが生きることだ。

しかし、それでいいのだろうか。もし、来年、脳梗塞で倒れたとする。そのとき、後悔はないのだろうか。明日死んでも「幸せだった」と心から言えるだろうか。

23年前の50歳のときに、「これからはひとりで老いる時代が来る」と直感し、おひとりさまの団体ＳＳＳネットワークを立ち上げた。なんか面白そうだわ。そんな軽い気持ちで始めたので、いつでも辞めるつもりでいた。

団体を始めてわかったことは、いい人ばかり集まらないこと、楽しいことばかりではないことだ。会員が増えれば増えるほど、頭にくることも多くなった。名前も名乗らずに文句を言う電話に、「やめてやる〜」と何度本気で思ったことかしれない。

しかし、こんなちっぽけな会でも、年会費納入のときに２０００円、３０００円と寄付してくれる方も出てきて、ＳＳＳを大事に思っている方もいるのだ、と辞めるのを思い留まっている。

寄付する行為はそう簡単にできるものではない。モノを買うときにはお金を出せるが、何ももらえないものにお金を出せるのは、立派な人間にしかできないことだ。お賽銭ですら、１００円にするか、１０００円にするか迷う。

静かな自粛生活の中で、わたしは気づいた。わたしの生きがいは、この団体を続けることではないのかと。

団体を設立した当初は、お遊びの延長で造った共同墓だが、22年の間に四十数名の会員を見送った。一時は1000人を超えた会員数も年々減少してはいるが、それでも700名近くの方がいまだに留まってくれているのは奇跡だ。ただ続けてきただけなのに、今、ひとり身の人が堂々と集える場所になっているのは、もしかして、少しは人の役にたっているのかもしれない。

「ダイヤモンドは、探しているときには見つからない。砂漠を一生懸命歩いているときに、ふと足元に発見するものだ」

わたしはまさしくその境地にある。

「わたしは、やるべきことをすでに手にしているのだ」

サッシを思いきり開け、ベランダに出て小さめの声で叫んだ。

「コロナさん、ありがとう」

この静かな時間がなければ、走り続ける馬で終わったわたしだ。

東京都のコロナ感染者が一日2000人を超え、腰の重い政府が中途半端な緊急事態宣言を出したおかげで、大事なことを見つけることができた。

通勤電車こそ感染源だと信じているので、わたしはほとんど電車に乗っていない。そんなに神経質になることはないと思うが、もしわたしがコロナに感染したら、ＳＳＳは完全にストップしてしまうので、事務所への電車通勤をひかえている。

少し前までは、会の存続より自分の都合を第一に考えていたわたしだ。

そんな中で昨日、思いがけないうれしいことがあった。会員の方から大きな額の寄付があったからだ。ゼロがひとつ多いのに気づきびっくり。ゼロを何度も数えたが、ゼロがひとつ多い。イベントには参加されてない方のようで、名前の記憶がないが、きっと素敵な方に違いない。コロナが明けてから、会うのが楽しみだ。

何も持たない生活はすがすがしい

手放すことの気持ちよさ

2020年の暮れに、90代の母との同居生活に別れを告げ、賃貸生活を始めたのは第3章でも触れたが、このことは想像だにしなかった出来事だ。ひとりの老後の保険として30代後半でマンションを買ったわたしが、借家暮らしに戻るとは考えられないからだ。老いてから家賃を払う生活は厳しい。家賃は、老いれば老いるほど重くのしかかる。それをしないために購入したマンションだったはずだのに、あっさりと手放した。

とりあえず実家の2階に引っ越したときに、ほとんどのものを処分した。4トントラック1台分はゴミとして引っ越し業者が持って行った。おそらくリサイクルショップに流してお金にするのだと思うが、誰がどうしようが、そんなことわたしにはどうでもいいことだ。引っ越しは断捨離をするいい機会だ。終の住処にするはずの目黒のマンションから、埼玉の実家の2階に移転。その7年後に再び、ひとり暮らしをするために、実家を去る。

こう書いているだけで、自分がジプシーに思えてきた。なんと落ち着きのない人生か。もしかして、わたしは相当のバカかもしれない。

わたしは今、家賃8万円の2DKの部屋でこの原稿を書いている。大好きな家具は実家に残し、ゆくゆくはゴミとなる運命だ。母が亡くなったあと実家と一緒に処分するつもりだ。

今の部屋には、好きな雑貨類や食器を少しだけ持ってきて、テーブルや椅子は、ゴミになっても惜しくないものを買った。重厚さのない若者向きの家具だが、新しいシンプルな暮らしにピッタリとはまっているので、気に入っている。

今回の引っ越しはとても簡単だった。洋服数点とお気に入りの食器を車で運んで終わり。収納スペースが少ないので、そこに入らないものは運ばないことにしたので、棚に並べた食器もギャラリーみたいで気に入っている。台所用品も毎日使える小さな鉄製のフライパンに深めの鍋、それだけだ。でも、ちっとも不便ではなく、すがすがしささえ感じる。

暮らしにこだわっていたので、捨てるにはもったいないものばかりだったが、わたしには十分に味わった感があったので。未練を持つのをやめた。そうしたら不思議なもので、心まですっきりしてきた。

アクセサリーも山ほどあったが、数個だけ残して捨てた。もったいない。いつかつけるかもしれないという発想も捨てた。一度も袖を通してないコート、何万もした洋服もゴミに出した。

そう、過去のわたしのエッセイを読んだことのある方はわかるだろうが、わたしは捨てるのが得意だ。人間関係もモノも、面倒くさいことが苦手なのだ。もちろん説明するまでもなく、夫は早々と捨てたし、目黒のマンションも捨てたし、ルイ・ヴィトンのバッグも200万円のミンクのコートもゴミに出した。ここだけの話だが、仲のよかった女友達も捨てた。いや、わたしが捨てられた。

今、気づいたのだが、もしかして、他人から見たら、わたしは非情な娘で、母親も捨てたことになるのかもしれないが、他人からどう見られようがわたしは構わない。第一、そんなことに煩わされている時間は70代のわたしにはない。

人というのは、自分の思いたいようにしか思わないものだ。だったら、気にしないのが一番だ。いざというときに手助けしてくれるわけでも、介護になったらおむつを取り替えてくれるわけでもない人のことなど、どうでもいい。

写真もかなり捨てた。壁に貼ってある数枚がわたしの思い出だ。そのうち、今の生活も、思い出の一枚になるのかもしれないと思うと、心から何事にも執着する気がなくなる。

若いときは、なんでも欲しかった気がする。恋人も欲しい、家庭も欲しい、お金も欲しい、仕事も欲しい、いい生活も欲しい、みんなから好かれたい……ああ、若いというのはなんとおろかなのだろうか。パリの凱旋門をバックに撮った20歳の写真を眺めながら、このときのわたしって何を考えていたのかしらと、他人を見るように見ている自分がいる。

とくに欲しいものはもうない。コロナのおかげで新しい洋服を買う気もしなくなった。電車に乗って習い事に通うのも疲れるので卒業した。

何もないが美しいシンプルな部屋で、執着から解放された自分になれたことに幸せを感じる。これがわたしが探し続けていた幸せだったのか。執着から離れて、静かに一人身をおくことが、わたしが長い間探し続けていた幸せなのか。

仏教で幸せを勉強した時期もあった。宗派の違う教会のミサめぐりもしたことがある。ある教会の牧師とは気が合い、友人宅で「キリストの涙」という名のワインを楽しんだこともある。しかし、教えはすばらしくても信者にはなれなかった。ちなみに7歳年上の友人はその後信者になった。理由は淋しいからと言っていた。

人生において最も大切なことを知るには、人によりけりだが、書物では得られないような気がする。頭ではなく、行動して体験することが大事だ。

わたしの次の課題は、人への執着をなくすことかしら。これはかなり難題だが、身につけなければならないことだと思っている。

人間は借り物だと言われている。神様という言葉は使いたくないので天からにするが、わたしは「松原惇子」という衣服を天から借りて生まれてきた。確かに母の胎内から出てきたのだが、わたしの遺伝子は何億年も前から受け継がれていることになる。間違っても母のものではない。

しかし、どんなに今の自分を気に入っているとしても、天から借りたものなので死ぬときは、もらったその衣服は脱いで返さなくてはならない。父のときも友人が亡くなったときも、遺体を見ながら天から借りた衣服を脱いで宇宙のかなたに去っていったと感じた。魂が去った遺体は、脱ぎ去った衣服としか、わたしには見えなかったので、何の感情もわかなかった。

亡くなった人のことは、心に残すものだと葬儀に参列するたびに思う。こんな言い方をしたら怒る人もいるだろうが、死んだらそれまで。

残念だが、大好きな人も財産も家も調度品もこのお気に入りに暮らしもそのまま置いて、誰もが皆、ひとりでこの美しい地球を去らねばならない。わたしがこれからすることは、去る準備をすることなのかなと思う。

お金があれば幸せとは限らない

1億円を手にしたら

わたしはこれまでの人生で、まったくないとは言わないが、宝くじをすすんで買ったことがない。夢のドリームジャンボの幟の下に列をなしている人を見ると、夢にお金を出せる人は幸せね、と羨ましくなる。当たっても当たらなくても、自分の力ではなく運に任してお金を得るやり方が自分には合わない。

先日、群馬の友人とイオンに買い物に行き、駐車場に戻ろうとしたとき、友人から宝くじを買うので待つように言われたので、ベンチで待った。すると、やたらとにこにこと戻ってくるではないか。なんでも、今日は東京から来ているわたしと一緒だから当たるかもしれないと、わけのわからないことを言っている。

「ふ〜ん」と笑っていると、

「ねえ、1億円当たったら必ず半分あげるわね。ウフフ」とすごくうれしそう。前後賞もあるので、3億かもしれないという。いいな、一瞬でも夢を見れる人はと笑っていると、彼女はわたしに本気で聞いてきた。

「ねえ、じゅんこさん、1億円当たったらどうする？　何に使う？」

考えたこともなかったので、突然の質問に戸惑った。

もし、1億円当たったら……わたしは何に使うのだろうか。タワーマンションの一室を買うか。でも家はもうあるし、今の借家で十分だ。それに広い部屋の管理を考えただけで憂鬱になる。

では、遊びに使うとして、世界一周の豪華客船の旅はどうだろうか。若いときの海外旅行は好奇心を満足させてくれたが、この年では、船酔いの方が心配だ。

それより船長に命を預ける船旅は怖い。相手に合わせてダンスを踊れないわたしが、船長に身を任せられるわけもない。まったく面倒なわたしだ。そうなると、高級老人ホームの入居金に使うぐらいしかない。

しかし、わたしは老人は豪華な施設に暮らしても、幸せになれない現実を見てきている。どんなにシャンデリアが輝いていても、人に管理される人生は辛いものがある。

「すべてホームのスタッフにお任せするわ、介護のときはよろしくね」と本気で安心できる人にはいいところかもしれないが、野生動物のわたしの行くところではないだろう。となると、1億円あっても使い道がないことになる。

30代ぐらいだったら、起業するかもしれない。田舎暮らしや海外移住も考えられるが、70代のわたしに、農業をやる体力もないし、ましてや海外に住む気力もない。

つまり、1億円はいらないという結論になった。

わたしなりの引き際

老後はクイーンエリザベス号だと言われたが

周りの人が定年を意識する年齢になるころ、定年のない仕事をしているわたしはよく人からこう言われたものだ。「自由業はいいわよね。定年がないからいつまでも働けて」。

なにをおっしゃるのか。自由業というのは、定年がないかわりに、毎日が定年なのだ。健康を害したら失業保険もなくそこで終わりだ。いうなれば、バランスをとる棒なしに綱渡りをしているようなものだ。だから、組織に属さずに死ぬまで自分を食べさせることのできる人は稀だ。

前の章にも書いたが、組織に属して働く発想がないわたしは、ただ、来る仕事をこなしてきただけなので、実は、自分が自由業だと意識することなく生きてきたような気がする。振り返ってみても、悪い生き方ではなかったといえるが、若いときは先の見えないトンネルの中を手探りで歩いているようなものだった。よくぞ、そんな不安定な中に身をおいて70代まで生きてこられたものだと、綱渡りを終えて、振り返ったときのゾっとする気分だ。

そういえば、20代後半のとき、会社の社長をしていた知人から、作家で占いでも有名だった五味康祐（ごみやすすけ）氏を紹介されたことがある。ちょうど、ニットのマンションメーカーを人に譲って、ニューヨークに行く前だった。

「ニューヨークに行く？　一体、この娘の将来はどうなるのか」と心配して、五味さんに頼んでくれたようだ。わたしが希望したわけではないので、とても嫌だったがしかたがない。

そして、忘れもしない、そのときにこう言われた。この話はデビュー作の『女が家を買うとき』にも書かせていただいたが、27歳のわたしに五味さんはこう言った。

「あんたは、材木屋だね」

どういう意味かとドキドキしていると言った。

「あんたは気（木）が多い。何でも興味を持ち、やってみる。そして止める。やっては止め、やっては止めの人生だ。普通は、そうしていると先はホームレスだ。でも、あんたは10万人に一人の変わった運勢で、そうしていることで先が開ける。まあ。大変な人生だけど、今のまま妥協せずにがんばりなさい。きっとすばらしい老後になるよ」

直感が鋭いので、思うままに生きれば老後は船に例えると、クイーンエリザベス号だと言われ、そのときは天にも昇る心地になったが、ニューヨークに行ってから、そのことはすっかり忘れていた。最近になり、知らぬ間にシニアと呼ばれる年になり、五味さんに言われた、すばらしい老後の年になっていることに気づかされたというわけである。

でも考えてみたら、クイーンエリザベス号のような優雅な老後ではないが、給料のもらえる仕事ではないのにホームレスにもならずに自立した生活ができているのは、やはりクイーンエリザベス号級といっていいだろう。

上手に年を重ねることの難しさ

家族を作らず自分が納得する、言葉を換えれば自分が幸せだと感じられる人生を求めて生きてきたわたしだが、日々の仕事に追われているうちに70代に入ったときは、正直焦った。

年齢なんか単なる数字、そんなものにとらわれて生きることはないと、諸先生方はおっしゃるが、年齢というのはそんなに単純ではないことを実感する。

もちろん、年齢に関係なく80代でも90代でも活躍している方はいらっしゃるにはいらっしゃる。最近の中高年向きの婦人誌を見ていると、「あら、あの方も70代？　あの方はもう80代？」この間まで活躍していた人もずいぶんお年を召したことに驚く。

自分も70代なのを忘れて、「わあ、あの方、ずいぶん老けたわね」とか「わあ、無理して若作りしていて、変だわ」と思うことが多くなり、そのたびに上手に年を取る難しさを痛感させられる。

中高年婦人誌ご用達の美輪明宏さん、草笛光子さん、瀬戸内寂聴さん、黒柳徹子さんは、人間を超越しているのでいいが、多くの有名人の方は無理して老いを隠そうとしているので、ろう人形のようで違和感がある。

ライトで肌を白く見せ、カメラの補正技術を使って顔をしわひとつないピカピカにしているのだろう。日本では、女性は年を取っても若く見えないといけないようだ。中高年においては「若く見える」は、最高の褒め言葉になっているが、首をかしげざるをえない。

人のふり見て我がふりなおせではないが、取材で撮影されるとき、写真の中のわたしはまだいける気がするが、これは写真家の腕がいいだけで、雑誌の顔出しは限界かな、と思うようになった。

人に厳しいわたしだが、実は、毎朝、鏡を見るたびに老けたと感じている。だから、洗面所の明かりはつけないで顔を洗っている。化粧をすれば、まあ、なんとかいつものわたしに近づくが、すっぴんは、完全に皮膚のたるんだシニアだ。ヘアバンドで髪の毛をあげたらもう地獄なので、なるべく前髪をあげないで顔を洗うようにしている。

65歳を過ぎると老いは雪崩のように加速して襲ってくる。これまでとスピードが違う。若いときの5年も10年もたいして変わらないが、65歳過ぎからの1年は大きい。顔の変化を見ていると、死ぬための準備が着々と行われているのを感じる。

65歳以上の人の辞書には、「いつまでも」と「ずっと」という言葉は残念ながら存在しないのだ。

人生100年の真意とは

物書きになるつもりもなく、自然の流れでなってしまい、幸運なことに、それで食べることができてきた。なんの才能もないわたしがこの厳しい出版界で自立できたのは、本当に幸運としか言いようがない。

人生の師に言われたことを思い出す。

「あなたが、筆一本で自立できているのは、奇跡よ」

スナックで働くことも愛人になることもなく自分の腕だけでやれているのはまれなことだ、と言われたときは納得できなかったが、70代になった今、こうして普通の生活ができていることが、普通ではないと思えるようになった。

女がひとりで生きていくのは甘くない。30代後半で運よく作家デビューしたのはいいが、賞をとれるような本を書かないと、生き残れないのではないか、その不安を漏らすと、彼女は笑いながら言った。

「賞なんか目指すことないわよ。

きょとんとしていると、言った。

「有名じゃないけど、あなたにはファンがいる。それはあなたの周りにいる人たちではない。地方でひっそり暮らしている女性かもしれない。出版界の隙間で仕事をしている隙間産業のあなたが、ひとりでがんばって書き続けていることが、その人たちに勇気を与えているのよ。あら、松原さんはまだ書き続けている。だから、わたしもがんばろう。それがあなたの役目よ。だから、有名になる必要はまったくないの。有名は、林真理子に任せておきなさい」

その年にならないと実感できないことがある。わたしたち人間が、100年近い時間を与えてもらっているのは、人間はバカだから人生を習得するに100年を必要とするからだろう。

50歳には50歳の扉がある。50歳にならなければわからない扉だ。60歳にもまた扉がある。いくら頭脳明晰な人でも50歳で60歳の扉を開けることはできない。

わたしが、70代はいろいろガタがきて大変だというと、年長の友人から「あなた、まだ70代でしょ。甘い、甘い。80代になったらもっと厳しいわよ」と言われた。次の80歳の扉を開けるのが楽しみでもあるが、その年まで幸せな気持ちで毎日を送っているかの自信はない。

きっと、90代の方が今のわたしの発言を聞いたら「まあ、あなたって何てお嬢ちゃんなの。まだ何もわかっていないのね」と嘆くに違いない。

顔出しは75歳まで

「老兵は死なず、ただ消え去るのみ」という言葉があるが、わたしもその時期に入っている気がする。気持ちが後ろ向きになっているのではなく、もちろん来る仕事は喜んでさせていただくつもりだが、顔出しは75歳で終わりかな。

いつも前向きなわたしらしくない言葉だが、何事にも引き際があると感じている昨今だ。わたしがその話をすると、たいていの人が「そんなことはない。いつまでもできる」と言ってくれるが、できるかどうかの問題ではなく、自分の美学の問題なのだ。歌も思い切り歌った。いくつになっても歌は歌えると、舞台で歌うのをやめるといったとき、先輩から考え直すように言われたが、ぶるぶるの二の腕をさらけ出してまで人前に出る気はないので、終わりにした。人によっては「まあ、80歳で歌ってるなんてすごいわ」と言われて喜ぶ人もいるので、そういう方はいつまでも歌えばいいと思うが、わたしは望まない。

わたしの作った曲の中でも代表曲の「スマイル」を、多くの方を勇気づけたいとYouTubeにアップしたがほとんど反応がなかった。周りの人は名曲だと褒めてくれるし、わたしもいい曲だと思っているのだが、それももういい。今のわたしには、やり切った感があるので、音楽に対する未練はない。

「女は花よ。きれいな色を身に着けてね。それは自分のためではなくあなたを見る人のためなのよ」と、環境美化に自分なりに努めてきたつもりだったが、興味ない人には、右から左であることも20年言い続けてわかった。

なので今は、

「どうぞ、あなたの好きな雑巾のような色の服を着てくださって結構ですよ」と思っている。

わたしが見なければいいだけのことなので、あなたは自分の好きなようにしてください。わたしは空を見て歩いているから大丈夫よ。そんな心境だ。

70代になり、わたしなりの引き際を考えていることに自分でも驚いている。大女優の原節子さんが絶頂期に突然映画界を去り、ひとりでひっそりと暮らしていたことを思い出す。また、整形を繰り返しながら、引っぱり続けて、口が開かなくなるまでテレビに出続けるタレントもいる。どっちでいくかは自分が決めることだろう。わたしは女優ではないし、幸い世間に認知されている人でもないので、自分の引き際は自分で決めるつもりだ。

しつこいようだが、顔出しは75歳までだ。いや、今日からやめてもいいぐらいだ。プロフィール写真提出も75歳で終わりにする。いつまでも昔のきれいな自分の写真を使う人の気持ちはわかるが、わたしはしたくない。そんなことを言う自分も、直近の新書のプロフィール写真は2年前のものだ。実は、たった2年前なのに別人のごとく若いので苦笑する。あとでカメラマンが肌の調子を修正していたと知り、へこんだ。

先にも述べたが、NPO法人SSSネットワークの活動は、できなくなるまで続けていくつもりだ。そのうち、SSSでは、自分も会員の方もお婆さんになり、ものすごい雪景色のような光景が繰り広げられそうだが、それもいいだろう。

いやー、それにしても顔を売る仕事につかなくてよかった。

人間の成長には、幼年期、青年期、成年期、老年期とあるが、その中でも、一番難しいのが老年期の生き方だと痛感している。さあ、これからが自分の人生の仕上げのとき、嘆いている時間はなさそうだ。

今、「しーん」という音が聞こえる静かな部屋で、人生の仕上げについて思いをめぐらすわたしがいる。

あやうく幸せを見間違うところだった

政治にＮＯ！　を突きつけたい！

笑わないでほしい。２０１７年、民主党が割れて枝野幸男氏率いる立憲民主党が創立されたとき、安部政権を倒さないとこの国は落ちるところまで落ちると直感したわたしは、いてもたってもいられなくなった。

持ち前の行動力が顔をだす。政治に関心がある友人たちと会うたびに政治批判しているわたし。長いものに巻かれろ体質の日本国民が政治を私物化させている。黒塗りの書類を平気で提出する政府。国民を馬鹿にしているとしかとれない行動だ。都合の悪い資料は破棄したと答える。人として最悪の対応だ。人間として恥ずべき行動だが、国民は何も言わない。もちろん、抗議している人たちもいるが、多くの人は「しょうがないよね」で終わり。しかし、国民も悪いと批判しているわたしも、文句を言っているだけで政治を変える努力をしているわけではない。デモにも参加したことがあるが、参加している皆さんには頭が下がるが、高齢男性の加齢臭がひどくてわたしには無理だった。「だまってないわよ」と印字したブレスレットを作り、女性のみなさんに声をあげてもらう活動もしてみたが、友人の編集者から政治活動をしている著者は色がつくので仕事を切られる、と忠告され、気が強いようで気が弱いわたしは従った。

ああ、なんていう意気地なしなのか。わたしが一番嫌う保身をわたし自身がしている。

もし、わたしがもっと年を取っていれば、命をかけて反対運動に加わる気になるかもしれないが、そのときは、まだ70歳になったばかりだったので、仕事を干されるという忠告に怖気づいた。なぜなら、国民年金だけなので、年金だけでは暮らせない身の上だからだ。

しかし、このひどい状況下に生きていて、だまっているというのは、容認しているということになるので、それだけは自分の生き方に反すると思い、議員に立候補して意思を表明しようと思いついたのだ。

議員になりたくないが、今の政治にNO！ を言うには、手っ取り早い。捨て身にならないとダメだ。どうする、じゅんこさん！ さあ、どうする。しかし、もうこうなったら国会に乗り込むしか方法がないのではないか。ふだん議員の悪口を言っているわたしが議員になろうとするのは、これまで言ってきたことが全部ウソになる。なんでも簡単に捨てることができるわたしとしては、珍しく歯切れが悪かった。

わたしの人生最後にやることとは、政治を変えること。次世代から団塊世代は何もしなかったと言われないためにも、動かないといけないのではないか。

当選しても変えられるとは限らないが、黙っているわけにはいかない。立憲民主党がいいわけでも、枝野さんがいいわけでもないが、政権交代させないといけない。この腐りきった政府を黙認するわけにはいかない。

ギリギリで踏みとどまる

過激なようで過激でないのがわたしの短所だ。恥をかくのは平気だが、街頭にたすきをかけて立つのはダメだ。知らない人に頭を下げてお願いなんか絶対にできない。白い手袋で手を振るのもダメだ。駅前で演説する度胸はないので、立候補するなら比例だろう。ネットで調べると比例の供託金は600万円。今まで政治となんの関係もないわたしなので、名簿の順位は最後となると、落選確実だ。それでも、ここで意思表示はするべきではないか。

「しかたがない」と黙っているのは、わたしの生き方に反する。どうする？ じゅんこさん。600万円は大きいよ。国民年金だけのあなたには大事なお金よ。落選したとしても政治の色はつくわよ。みんなから「なんだ、松原さんこそ権威好きじゃないか」と言われるだろう。

ああ……そんなことを気にしてたら立候補はできない。ああ……このままでいいことにしようか。

頭の中がぐるぐる回った。立候補の締め切り日が迫っていた。意を決して政治に詳しい弟のところに行き、比例で立候補届けを出す方法を聞きにいくと、まず最初に「お金はあるのか」と聞かれた。さすがに現実派だ。「ある」と答えると、書類は数日で作れるが、締め切りは明後日なので間に合わないと言われた。あと2日早かったらよかったが、次回にしたら？　とのアドバイスがあった。

次回か……わたしのことだからそれまでに気持ちが変わるかもしれない。考えていると、まずは、立憲民主党の議員の応援演説をやったらどうか、と次のアドバイスがあった。やめた方がいいとは言わない。なぜだろう。もしかして、映像の仕事をしているので、姉を主役にした「立候補」というドキュメンタリー作品を作る気かな。

いつも冷静な弟は、「じゅんこちゃんは、話がおもしろいから応援演説は絶対に受けると思うよ。そうやって自分の存在を知ってもらうことから始めなよ。知り合いがいるから紹介しておくよ」。

応援演説か。気が乗らないが、手順があるのかもしれない。でも、候補者の誰一人知っているわけではないし、立憲民主党にも知り合いはいない。知らない候補者の応援演説なんかできるはずがない。高揚した気持ちが冷めていくのを感じた。立候補締め切りに間に合わなくてよかったと思うまでになった。

熱しやすく冷めやすいのはわたしの短所だが、燃えなくては何も始まらないのも事実なので、冷めてもわたしは平気だし、「またか」と人に思われても平気だ。わたしは思ったら行動しないと気がすまない性格なのは、これまでに書いてきたとおりだ。

菅直人氏の応援演説の依頼が来たことで、わたしは完全に現実に引き戻された。そしてお断りすることで、わたしの立候補騒ぎは幕引きとなったのである。

現実に戻り、冷めたコーヒーを前にため息をついていると、どこからか、イサドラ・ダンカンの大好きなフレーズが聞こえた。

「今、あなたが立っているところが、あなたの宇宙での位置です」

わたしは我に返り、遠くではなく自分が立っている地面を踏みしめた。危ない危ない、もう少しで自分の幸せを見間違うところだった。

だめな自分はこれからも続く

だめさを認める

人生の師に言われたように、わたしは引かれたレールの上を歩けない人だ。かといって、自分で目的地を決めて太くて丈夫なレールを敷けるほど、勇敢でもない。どっちつかずの「だめな自分」。それがわたしだ。

人のことは言えないが、わたしも作家デビューしたてのころは、軽い自分なのに、インテリに見せなくちゃと、だめな自分を見せまいと必死だった。肩パットの入ったジャケットを着て、有名な先生方の話し方の研究もした。しかし、講演会の壇上に上がると、背中から汗がツーと落ちる。足はがたがた震える。また、話がつまらなかった講演のときに限って謝礼が多かったりして、穴があったら入りたい心境だった。

ある日、そんな自分が嫌になり、「わたしって、みんなのように先生らしく話ができない。嫌になる」と人生の師にもらすと彼女は大笑いした。

「言葉遣いもひどい、話し方も幼い、見た目も利口には見えない。それがあなたよ。上手な話し方は、あの先生方に任せておきなさい。聴衆は、講師の話の内容など、ドアを出たとたんに忘れる。覚えているのは服装くらいよ。だから、好きにしゃべって帰ってくればいいの。そのまんまでやりなさい」

わたしは落ち込みそうになったとき、いつも人生の先輩に助けられてきた。わたしも単純なので、すぐに「そうか」とその気になる。次の講演会からは、服装だけでも喜ばそうと、講師らしからぬふわっとしたブルーや黄色のダンサーの衣装のような恰好で、踊りながら壇上に上がった。だって、これがわたしで、わたしは作家先生ではないもの。危ない危ない、もう少しで作家先生になるところだった。

「みなさん、こんにちは。どお？　今日のわたしの衣装。大変だったのよ、決めるまでに1週間もかかったわ」と会場に投げかけると、いつもはシーンと始まる講演会が拍手と笑いで渦巻いた。登場3分で笑いがとれると、あとはおしゃべりしているかのように気楽に話せた。そして、ついに爆笑もとれるようになり「女キミマロ」という人まで出てきた。

それからというもの、講演会で何を話そうではなく、何を着ていこうと女優並みに準備するようになり、講演会が好きになった。

しかし、女性には受けるわたしの講演会だが、おやじにはわたしのようなタイプが苦手らしく、ある主催者の80歳の男性から「いや〜、困ったよ。松原さんの話は、女性には大ウケだけど、男性にはね。嫌いな人が多いんだよ」と言われ、一瞬めげたが平気だった。

わたしはわたし、それだけのことだからだ。しかし、よくも本人に向かって正直に言えるものだとあきれたが、家に帰ってお風呂に入っているときに、よくぞ教えてくれたと感謝した。いいことを言ってくれる人はいるが、ずばり指摘してくれる人は少ないからだ。

固定観念に縛られることなく

あれほど所有、自分名義にこだわっていたのにもかかわらず、今現在のわたしは、賃貸の集合住宅（公団）に住んでいる。自分でも信じられないのだが本当だ。

眺めはいいが部屋は2DKと狭い。しかし、あと10年か20年かで旅立つ年齢のわたしには十分な広さだ。正直、高齢者と呼ばれる年になってから、賃貸生活することについては迷った。家賃を払う生活がしたくないから購入したマンションだったはずなのに、そのマンションを売って家賃生活をするのはばかげていると思ったからだ。

しかし、自分の残り少ない人生を考えたとき、老後の資金不足も心配だが、それよりも何よりも、今、このときをすがすがしく生きる方が大事ではないかという結論に達した。それに20年生きるかもわからない。そんなことにとらわれずに、まだ元気で自分の足で歩けるときを楽しみたい。

賃貸は、固定資産税や大規模修繕もない、家賃さえ払っていればいいのだから、正直、笑いが出るほど快適だ。目黒のマンションのときは頭の固い理事ばかりの総会で、大事な時間を奪われた。

マンションはみんなが所有者なので、変な人もたくさんいる。そういう人と付き合わなくていいので、賃貸は気楽でいい。それに公団の場合、貸主がドアをノックすることもない。回覧板も回ってこない。自治会はあるらしいが、入るのは自由だ。もちろんわたしは入っていない。

建物は古いが、2020年の台風19号のときも、びくともしなかった。あら、霧雨かしら程度にしか感じなかったのは儲けものだった。家のことで気を煩わされなくていい暮らしは、わたしに合っている。また、公団は年齢で追い出されることもないので、そこが何よりも安心だ。

とはいえ、家賃を払い続けることができるのか、不安がないといえばウソになるが、今は深く考えないことにしている。この先に何が起こるかわからないので、起こったときに判断し行動することに決めた。

わたしの部屋からは富士山が見える。「噴火が始まったら教えるわね」と都心のマンションにいる友人と約束している。彼女も勘がいい人で、そのときはどこに逃げたらいいのかと本気で聞いてきたので、地方移住を勧めたが、たぶん、彼女は東京を動かないだろう。そう、人はそれぞれなので、自分が好きなように生きればいいのだ。

今、わたしは持ち家のときはなかった賃貸の気楽さを味わい、これが自然な暮らしだと感じ入っているところだ。

持ち家か賃貸か。どっちが得か。どっちがいいか。それは時代によっても違うので、自分で決めればいいことだと思うが、これからの時代は、人間ではなく、自然が支配する時代になると思うので、自然の声を聞いて決めるのがいいと思う。

やっと見つけたわたしの「青い鳥」

何だかデビューのころが懐かしいが、過去のことは終わったことなので、こうして書いていても実感がわいてこない。過去は存在しないと、いつも思う。存在するのは今、こうして書いているということ。しかし、これも明日になれば過去になる。

そのように、未来も頭の中で描いているだけで存在しないものだ。70代に入りつくづく思うことは、今、この瞬間がすべてだということだ。

だから、今、この瞬間を「幸せだなあ」と思えるかどうか。それがすべてだということになる。

子どもがいる、お金がある、友達がいる、健康だという条件ではなく、思う仕事につけなくても、思ったほど給料がもらえなくても、友達が去っていっても、老いぼれても、嘆くのではなく、今のこの瞬間を「幸せだなぁ」と思える自分でいることこそが、幸せなのではないだろうか。

損得勘定が得意でお利口な生き方は、あの人に任せておいて、わたしはわたしの道を行く。

わたしはよく、周りからこういわれることがある。「あなたって、なんでもやるのね」誉め言葉のようで、相手を否定する言葉だ。わたしはそんなとき心の中で言う。

「わたしは、あなたではないの」と。

すばらしい人生の達人の言葉にだったら左右されてもいいが、周りにいる世間ばかり気にして自分を持っていない人の言葉に左右されてはだめだ。そんなときは、「今日も天気がいいわ」と聞き流すのがいい。

今、わたしはパソコンに向かいながら、すっかり陽が沈んだ窓の外に目をやっている。朝から集中して書いていたので、夕方になったのを忘れていた。お昼ご飯を食べるのも忘れていたことになる。こんな状況の中にいることが、実はわたしの最も幸せなときだ。

長い間、幸せを求めてさまよい悩み歩いてきたが、今、ここに穏やかな時間を送る自分がいる。メーテルリンクの童話『青い鳥』ではないが、70代にして、わたしはやっと「青い鳥」を見つけたようだ。

おわりに

今回の本は自叙伝のような内容だったので、正直、すらすらと書くことはできなかった。ちょっと書いては手が止まり、これで行こうと思っては削除したり。もしかしたら、未完に終わるかもしれないという恐怖に襲われたり。どちらかというと、わたしは筆が速い方だが、今回は時間がかかった。構成もタイトルも何もかもがぐるぐる回りで、ドツボにはまってしまった。

というわけで、構成段階で、わたしの心変わりが何度も、いえ何十回もあり、担当編集者の大場元気さんを苦しめたが、弱冠34歳の彼は辛抱強く73歳のわたしを支えてくれた。紙面を借りて感謝を申し上げたい。

自分のことを書くのは、『女が家を買うとき』以来だったので、正直、戸惑いがあった。ただの自叙伝ではおもしろくないし、かといって、わたしのおひとりさま人生は、ずっとおひとりさまなので、大した変化がない。書いていると、どうしても日本の政治批判になってしまう。そして、国民が悪いということになる。これでは、読者も読みたくないだろうと、振り出しに戻る。

第1章の子どものころの話は、当初は書く予定ではなかったが大場さんからのリクエストがあり書いたのだが、それがよかった気がする。

それにしても、わたしにとり収穫だった。子どものころと何も変わっていないことに気づき、わたしの芯は、わたしは子どものままだと確認させられたのはよかったと思っている。外側は73歳だが、心は子どものまま

コロナによる自粛生活のおかげで、挫折せずになんとか1冊書き上げることができたが、ずっと座っていたので腰が痛い。ああ、高齢出産は辛いわ。今は、ほっとすると同時に、終わってしまう一抹の寂しさを感じてい

るところだ。

素敵な写真を撮ってくださった写真家の初沢亜利氏、写真に合わせて鶯色でシンプルな装丁を作ってくださったデザイナーの村橋雅之氏には、心から感謝しています。

そして、毎年のように書下ろしを書く機会を与えてくださった海竜社の下村のぶ子社長には、特別の感謝をささげます。皆様のお力でここまでこれたことに、心からの感謝を送らせていただきます。

松原惇子

【著者紹介】

松原惇子（まつばら じゅんこ）

1947年、埼玉県生まれ。昭和女子大学卒業後、ニューヨーク市立クイーンズカレッジ大学院にてカウンセリングの修士課程修了。39歳のとき『女が家を買うとき』（文藝春秋）で作家デビュー。3作目の『クロワッサン症候群』（文藝春秋）はベストセラーとなり流行語にもなった。一貫して「ひとりの生き方」をテーマに執筆・講演活動を行っている。

1998年にNPO法人SSS（スリーエス）ネットワークを立ち上げ、おひとりさまの老後を応援する活動を続けている。

著書に『長生き地獄』『老後ひとりぼっち』『孤独こそ最高の老後』『ひとりで老いるということ』（SB新書）、『ひとりの老後はこわくない』『女、60歳からの人生大整理』『母の老い方観察記録』『老後はひとりがいちばん』（海竜社）など多数。

■NPO法人SSSネットワークHP
https://www.sss-network.com
■松原惇子HP
https://matsubarajunko.jimdofree.com

わたしのおひとりさま人生

二〇二一年二月二十八日　第一刷発行

著　者＝松原惇子
発行者＝下村のぶ子
発行所＝株式会社　海竜社
東京都中央区明石町十一の十五　〒一〇四―〇〇四四
電　話（〇三）三五四二―九六七一（代表）
FAX（〇三）三五四一―五四八四
郵便振替口座＝〇〇一一〇―九―四四八八六
ホームページ＝http://www.kairyusha.co.jp
本文組版＝株式会社キャップス
印刷・製本所＝中央精版印刷株式会社

ISBN978-4-7593-1726-8　C0095